Maunoury

. — PROSODIE GRECQUE

PROSODIE GRECQUE

CONTENANT

LA QUANTITÉ ET LA MÉTRIQUE

PAR

A. F. MAUNOURY

CHANOINE DE SÉEZ

PARIS
LIBRAIRIE CH. DELAGRAVE
15, RUE SOUFFLOT, 15
—
1883

PRÉFACE

La Prosodie grecque comprend l'Accent, la Quantité, et la Métrique ou Versification.

Mais comme toutes les Grammaires grecques donnent les règles de l'Accent, et qu'on les trouve amplement exposées dans la nôtre, nous partagerons cette Prosodie seulement en deux traités. Le premier offrira les règles de la Quantité, et le second celles de la Métrique.

Pour la Quantité, nous reproduisons le chapitre que nous avions consacré à cette matière dans notre Grammaire. Nous l'avons corrigé avec soin, développé et orné de quelques belles citations d'Homère, pour le rendre moins aride. La règle se retiendra mieux quand on la verra pour ainsi dire enseignée par le poète lui-même.

Les jeunes hellénistes trouveront là tous les principes. Si quelques détails manquent, ils les apprendront facilement par l'usage. D'ailleurs la Prosodie la plus étendue ne saurait remplacer le dictionnaire. On trouve la Quantité exactement marquée non seulement dans le grand vocabulaire de Passow, mais dans l'excellent petit lexique de Léopold, qui est entre les mains de tout le monde (1).

Nous avons aussi repris le chapitre de notre Grammaire où nous donnions les règles de la Versification grecque. Nous y avons fait des changements considérables et des additions importantes : en sorte que nous présentons ce traité comme un ouvrage nouveau.

1. Lexicon græco-latinum manuale, edidit Leopold, in-18, Lipsiæ. — Ceux qui désireraient plus de détails sur la Quantité peuvent consulter l'ouvrage de Spitzner intitulé : *Versuch einer kurzen Anweisung zur griechischen Prosodie. Gotha ;* — *Prosodie grecque,* par M. l'abbé H. Conguet ; — la Prosodie que Rost a mise au commencement de sa Grammaire grecque, et celle de MM. Burnouf et Chacolle.

PROSODIE GRECQUE

PREMIÈRE PARTIE

QUANTITÉ

Ce n'est pas un temps perdu que l'attention donnée dans les collèges à la prononciation correcte des langues grecque et latine. Car le plus beau discours devient barbare, si l'on change en longues les syllabes brèves, ou en brèves les syllabes longues. Qui ne sait que le plus puissant moyen de former le goût de la jeunesse est de rendre son oreille et son imagination sensibles aux charmes d'un langage harmonieux? La prononciation des Grecs, et surtout des Athéniens, était si pure et si gracieuse que les étrangers parvenaient difficilement à l'imiter.

> Graiis ingenium, Graiis dedit ore rotundo
> Musa loqui,

dit Horace (*A. P.* 323). Cette belle prononciation est aujourd'hui profondément altérée. Néanmoins les vers d'Homère et d'Euripide acquièrent encore une douceur et une force incomparables dans une bouche qui les prononce avec justesse, en observant l'accent, la mesure et la quantité.

CHAPITRE PREMIER

RÈGLES GÉNÉRALES

1. La Quantité d'une syllabe (ποσότης) est le temps qu'on met à la prononcer.

Les syllabes se divisent en longues, brèves, et communes ou douteuses.

La syllabe longue est censée valoir deux brèves ; et la syllabe commune (κοινὴ, ἀμφίδοξος ou δίχρονος) est, en poésie, brève ou longue à volonté.

2. Les voyelles η et ω et toutes les diphthongues sont longues de leur nature. L'ε et l'ο sont brefs. L'α, l'ι et l'υ sont tantôt longs et tantôt brefs. Il s'agit de trouver des règles qui déterminent la Quantité de ces trois dernières voyelles.

Remarque. Les diphthongues finales αι et οι sont brèves quand le mot suivant commence par une voyelle, et longues lorsqu'il commence par une consonne. Ex. :

αἰδεῖσθαί θ’ ἱερῆα, καὶ ἀγλαὰ δέχθαί ἄποινα [1].

Les mêmes diphthongues, αι et οι, s'abrègent quelquefois au milieu des mots (surtout chez les poètes tragiques) quand elles sont suivies d'une voyelle, comme dans τοιοῦτος, γεραιὸς, ποιεῖ. Exemple :

οὐδ’ αὖ τοιαύτην γλῶσσαν ἐν κακοῖς φιλῶ [2].

3. Toute syllabe contractée est longue. Exemple : ἄκων pour ἀέκων, *invitus ;* στάχυς, épis, contracté de στάχυες.

4. Une voyelle brève de sa nature forme une syllabe longue par position, quand elle est suivie de deux consonnes ou d'une consonne double, soit dans le même

---

1. *Vereri sacerdotem, et splendidum accipere pretium* (*Il.* I, 23).
2. *Nec rursus talem sermonem rebus in afflictis probo* (Soph. *Aj.* 1118).

mot, soit dans deux mots différents. Exemples : ὀργή ;
ἔτυψε ; φίλος τις ; οὔρεά τε σκιόεντα ; χαῖρε, ξεῖνε (*Od.* I, 123).

Il en est de même en latin. Exemple (*Æn.* IX. 37) :

Ferte citi ferrum, date telā, scandite muros.

5. *Exception* 1ʳᵉ. Une voyelle finale brève peut rester
brève devant un mot commençant par deux consonnes
(ou une consonne double) suivies d'une brève, puis
d'une longue. Exemple : ἐς πεδίον προχέοντο Σκαμάνδριον, *Il.*
II. 465 ; — ὑλήεσσα Ζάκυνθος, *Od.* I, 246 ; *nemorosŭ Ză-
cynthus*, *Æn.* III, 270. — La raison de cette liberté
est que ces sortes de mots ne peuvent entrer dans le
vers héroïque sans être précédés d'une brève.

Exception IIᵉ. Une voyelle brève, placée devant une
muette qui est suivie d'une liquide dans la même
syllabe, est commune. Ainsi l'on est libre de regarder
comme brève la première syllabe de πατρὸς, et l'on
peut aussi la faire longue : πᾱτρός. Il en est de même
des mots suivants : τέκνον, τυφλὸς, ἐρετμὸς, τεθνᾶσιν, ἔκρινον,
ou bien τέκνον, τυφλὸς, ἐρετμὸς, τεθνᾶσιν, ἔκρινον.

L'on dira donc, si l'on veut, ἔξελε Κλωθώ, et ὦ πάτερ
ἡμέτερε, Κρονίδη, ὕπατε κρειόντων [1]. Car l'ε peut, à volonté, rester bref ou devenir long devant κλ et κρ.

Remarque. Si la muette et la liquide appartiennent à
deux syllabes différentes, l'exception n'a pas lieu, et la
voyelle qui les précède est toujours longue. Exemple :
ἐκ-λείπω.

6. Une voyelle longue ou une diphthongue finissant
un mot, et suivie d'un mot qui commence par une
voyelle, reste longue à l'arsis et devient brève à la
thésis. Exemple :

ἡμετέ | ρῳ ἐνὶ | οἴκῳ, ἐν | Ἄργεϊ, | τηλόθ: | πάτρης [2].

1. *O pater noster, Saturni genite, supreme rex potentium* (*Od.*
I, 81).

2. *In domo nostra, in Argis, procul a patria* (*Il.* I, 30).

7. *Observation.* Dans le vers hexamètre, on appelle arsis (ἄρσις, action de lever) la longue du dactyle, et thésis (θέσις, pose) les deux brèves suivantes; parce qu'en battant la mesure, les anciens levaient le doigt sur la première moitié du mètre et ils le laissaient retomber sur la seconde (Voyez Métrique, 8).

8. Virgile a quelquefois suivi la règle précédente. Exemples :

> Lamentis gemituque et fœmine | ō ŭlŭ | latu
> Tecta fremunt (*Æn.* IV, 667).
> Nomen et arma locum ser | vant; tĕ, ă | mice, nequivi
> Conspicere (*Æn.* VI, 507).
> Implerunt montes, flerunt Rhodo | pēïă arces.
>
> (*Georg.* IV, 460.)

La quantité de *Rhodopeïæ* est manifeste en grec : Ῥοδοπήϊαι ἄκραι.

CHAPITRE DEUXIÈME

DES FINALES

ARTICLE PREMIER

§ I. A *final bref.*

9. A final est bref 1° dans les noms en α, génitif ης. Exemple : μοῦσᾰ, μούσης.

2° A final est bref dans les noms en ρα précédé d'υ long ou d'une diphthongue (la diphthongue αυ exceptée). Exemples : γέφῡρᾰ, *pons ;* σφῦρᾰ, *malleus ;* ἄρουρᾰ, *arvum;* μάχαιρᾰ, *gladius;* μοῖρᾰ, *fatum.* Mais αὔρᾱ doit faire α final long.

3° A final est bref dans les polysyllabes en εια, s'ils ne viennent pas d'un verbe en εύω. Ex. : ἀλήθειᾰ, qui se forme d'ἀληθὴς, vrai, et ἀκρίβειᾰ, qui dérive d'ἀκριβὴς, exact.

4° A final est bref dans les noms de villes en ɛɩα tirés du nom du fondateur. Exemple : Ἀντιόχειἄ. Et aussi dans les noms de ville en αɩα, comme Πλάταιἄ.

5° A final est bref au féminin des adjectifs qui ne sont pas en ος, et au féminin des participes. Exemples : γλυκὺς, γλυκεῖἄ; μέλας, μέλαινἄ; ὤν, οὖσἄ; λελυκὼς, λελυκυῖἄ; τιθείς, τιθεῖσἄ.

6° A final est bref dans les noms composés en οɩα, venant d'adjectifs en οος. Exemple : εὔνοιἄ, bienveillance (d'εὔνοος).

7° A final est bref au vocatif des noms en ης. Exemple : ὦ πολῖτἄ.

8° A final est bref au nominatif poétique α pour ης. Exemple :

...γέρων δ' ἱππηλάτἄ Νέστωρ.
Od. III, 436.

9° A final est bref dans les noms en τρια. Exemple : ψάλτριἄ, joueuse de luth.

10° A final est bref au neutre. Exemple : τὸ σῶμἄ, τὰ δῶρἄ.

11° A final est bref à l'accusatif de la 3° déclinaison, comme dans τὴν λαμπάδἄ, τὸν ῥήτηρἄ, τὸν πρηκτῆρα. Exemple :

μύθων τε ῥητῆρ' ἔμεναι, πρηκτῆρἄ τε ἔργων [1].

12° A final est bref dans les mots indéclinables et dans les verbes. Exemples : ἐννέἄ, neuf; αἶψἄ, aussitôt; παρἄ, λέλυκἄ.

§ II. A final long.

10. A final est long : 1° dans les noms en εᾱ, ιᾱ, υᾱ. Exemples : γενεᾱ, καρύᾱ (noyer), φιλίᾱ.

2° A final est long dans les noms en ρα précédé d'une

---

1. Verborum esse oratorem actoremque operum (Il. IX, 443).

1.

brève, de η, de ω, ou de la diphthongue αυ. Exemple :
χᾰρᾱ, joie ; πήρᾱ, besace ; χώρᾱ, pays ; σαύρᾱ, lézard.

Remarque. La plupart de ces noms en α font le nominatif en η chez les poètes épiques, γενεὴ, φιλίη, χώρη. Exemple :

οἵη περ φύλλων γενεὴ, τοίηδε καὶ ἀνδρῶν [1].

3° A final est long dans les dissyllabes en εια, οια, οα. Exemples : λείᾱ, proie ; Τροίᾱ, Troie ; ῥοιᾱ ou ῥοᾱ, grenade ; ποᾱ, gazon.

4° A final est long dans les polysyllabes en εια venant d'un verbe en εύω. Exemple : πορείᾱ, passage (de πορεύω), βασιλείᾱ, royauté (de βασιλεύω). Mais βασίλειᾰ, reine, venant de βασιλεύς, fait α bref.

5° A final est long au féminin des adjectifs en ος, α, ον. Exemple : ἅγιος, ἁγίᾱ.

6° A final est long au vocatif des noms en ας, gén. ου. Exemple : ὦ Αἰνείᾱ.

7° Au génitif, au datif et au duel. Exemple : τοῦ αἰχμητᾱ (pour αἰχμητᾱο), τῇ μοίρᾳ, τὼ μούσᾱ.

8° A l'accusatif *έᾱ* des noms en εύς. Exemples : τὸν βασιλέᾱ, τὸν φονέᾱ, le meurtrier. Mais les poètes épiques disent τὸν βασιλῆᾰ.

§ III. Aν *final.*

11. Aν final est bref. Exemple : τὴν μοῦσᾰν, ἔλυσᾰν, λῦσᾰν, λύσειᾰν, ἔβᾰν.

Exceptez : 1° l'accusatif des noms dont le nominatif est en α long ou en ας long. Exemples : τὴν χώρᾱν, τὸν νεανίᾱν. — 2° les noms en αν, ανος, comme Τιτᾱν, Τιτᾱνος ; — 3° les noms doriens où αν est mis pour ην ou pour ων, comme ὁ ποιμὰν, pour ὁ ποιμὴν, et τᾶν νυμφᾶν, pour τῶν νυμφῶν.

---

1. *Qualis foliorum generatio, talis et hominum est* (*Il.* VI, 146).

Αρ *final.*

12. Αρ final est bref. Exemple : γὰρ, car ; ἧπᾰρ, foie ; ὖθᾰρ, mamelle.

Exceptez les noms monosyllabiques. Exemple : Κᾱρ, Carien ; ψᾱρ, étourneau.

Ας *final.*

13. Ας final est bref : 1° à tous les cas de la troisième déclinaison, comme λαμπᾰς, ἀδᾰς ; — 2° à l'indicatif et à l'optatif des verbes : ἔτυψᾰς, τέτυφᾰς, τύψειᾰς ; — 3° dans les adverbes : ἀγκᾰς, avec les bras.

Exceptions. Ας final est long : 1° dans la première déclinaison : ὁ νεκυίᾱς, τῆς θύρᾱς, τὰς μούσᾱς (les Doriens disent aussi μοῦσᾱς) ; — 2° à l'accusatif pluriel des noms en εύς : βασιλέᾱς (mais les Ioniens disent βασιλῆᾱς) ; — 3° au nominatif singulier des noms, des adjectifs, et des participes en ας, αντος. Exemple : γίγᾱς, γίγαντος ; πᾶς, παντός ; τύψᾱς, τύψαντος ; ἱστᾱς, ἱστάντος.

Joignez-y μέλᾱς et τάλᾱς, dont le génitif est μέλᾰνος et τάλᾰνος.

ARTICLE DEUXIÈME
I *final.*

14. L'ι final est bref, comme dans λαμπάδῐ, λύουσῐ, τεχνόφῐ, μέχρῐ. Exemple : μέχρῐ θαλάσσης (*Il.* XIII, 143).

Exceptez les additions attiques : οὑτοσῑ, νυνῑ, ὁδῑ.

15. Les finales ις et ιν sont brèves. Exemple : πολλάκῐς, ἐλπῐς, χάρῐν.

Exceptez : 1° les monosyllabes. Exemple : λῑς, acc. λῑν, lion ; — 2° les dissyllabes en ις, gén. ιθος, comme ὄρνῑς, ῑθος ; et quelques-uns en ις, ιδος, qui ont la pénultième longue ; tels que βαλϐῑς, ῑδος, barrière ; κνημῑς, ῑδος, cuissart ; σφραγῑς, ῑδος, cachet ; — 3° les trissyllabes qui ont les deux premières brèves, comme ῥᾰφᾰνῑς, ῑδος, rave ; — 4° les mots à la double terminaison ις et ιν, gén. ινος, comme δελφίς ou δελφίν, δελφ ίνος, dauphin ; ἀκτίς ou ἀκτίν, ἀκτ ίνος, rayon de lumière.

Joignez-y ἡμῖν et ὑμῖν, que les poètes abrègent quelquefois en ἥμῐν et ὕμῐν (éol. ἄμμῐν et ὕμμῐν).

ARTICLE TROISIÈME

Υ final.

16. Les finales υ, υν, υς sont brèves. Exemple : δόρῠ, πέλεκῠν, ὀξῠς, εὐθῠς.

Exceptez 1° les noms monosyllabiques. Exemple : ὁ μῦς, τὸν μῦν, souris.

Exceptez 2° les noms dissyllabiques ou polysyllabiques en ύς, ύος, qui ont l'aigu sur la dernière. Exemple : ἰχθῦς, ύος, ῦν. Mais on dit στάχῠς, ύος, épi, parce que l'aigu n'est pas sur la dernière, et χλαμῠς, ύδος, chlamyde, parce que le génitif n'est pas en υος.

Exceptez 3° les noms en υς ou υν, gén. ῦνος. Exemple : Φόρκῡς ou Φόρκῡν, gén. Φόρκῡνος.

Exceptez 4° les verbes en ῦμι : ἐζεύγνῡν, ζευγνῠς.

17. Υρ final est long : πῦρ. Mais le génitif reprend la brève : πῠρός.

18. *Remarque.* De l'accent on peut souvent conclure la quantité de la finale. Car 1° toutes les fois que l'antépénultième a l'accent, la dernière est brève. Exemple : μάχαιρᾰ ; — 2° toutes les fois que la pénultième a le circonflexe, la dernière est encore brève de sa nature : αὖλᾰξ, αὐλᾰκος, sillon ; — 3° enfin toutes les fois qu'une pénultième longue de sa nature a l'aigu, la dernière est longue. Exemple : αὔρᾱ, ας, *aura* ; κήρῡξ, ῡκος, hérault ; οἴᾱξ, ᾱκος, gouvernail, θώρᾱξ, ᾱκος, cuirasse. (Voyez *Gramm.* Accent, 362.)

CHAPITRE TROISIÈME

DES PÉNULTIÈMES

ARTICLE PREMIER

PÉNULTIÈMES DES NOMS

19. Dans la déclinaison imparisyllabique, la finale du nominatif devient la pénultième du génitif. Exemple : λαμ-πάς, λαμ-πάδ-ος. Il s'agit de trouver la quantité de cette pénultième.

20. *Règle générale.* L'α, l'ι et l'υ gardent à tous les cas la quantité du nominatif. Exemple : λαμ-πᾰς, ᾰδος; ἐλπΐς, ΐδος; κόρῠς, ῠθος. — Ainsi les génitifs ανος, ινος et υνος sont toujours longs : Τιτᾱνος, δελφῑνος, Φόρκῡνος, parce que les nominatifs sont Τιτᾱν, δελφῑς et Φορκῡς.

§ I. A *pénultième des Noms.*

21. L'α pénultième est bref : 1° au datif pluriel des noms syncopés : πατήρ, πατρᾰσι; 2° dans les désinences αξ et αψ. Exemple : δόναξ, ᾰκος, roseau ; φύλαξ, ᾰκος, gardien; Ἄραψ, ᾰϐος, Arabe.

Joignez-y ᾰλς, ᾰλός, mer.

Cependant l'α pénultième est long 1° dans les monosyllabes masculins en αξ : ὁ βλᾱξ, βλᾱκός, le lâche ; 2° il est ordinairement long dans les dissyllabes masculins, surtout si la première est longue. Exemple : ὁ θώραξ, ᾱκος, la cuirasse; ὁ οἴαξ, ᾱκος, le gouvernail. Homère dit θώρηξ et οἴη

δεύτερον. αὖ θώρηκα περὶ στήθεσσιν ἔδυνεν,[1].

Mais il est bref dans les monosyllabes et les dissyllabes féminins : ἡ πλάξ, ᾰκός (tablette), ἡ αὖλαξ, ᾰκος (sillon). Exceptez ἡ ῥᾱξ, ῥᾱγός, le grain de raisin.

---

1. *Tum deinde loricam circa pectus induit* (*Il.* III, 332).

L'α pénultième est long dans les génitifs doriques en αο et αων de la première déclinaison : Ἀτρείδαο, Μουσᾶων.

22. Dans les noms en ας, αντος, l'α est long au datif pluriel. Exemple : γίγας, γίγαντος, γιγᾶσι.

De même, les participes en ας, αντος, ont l'α long au datif pluriel, et dans tout le féminin : λύσᾱς, λύσαντος, λύσᾱσι, λύσᾱσᾰ, λύσᾱσαι.

§ II. I *pénultième des Noms.*

23. L'ι pénultième est bref dans les désinences ιψ, ιδος, et ιξ, ιχος. Exemple : χέρνιψ, ιδος, essuie-mains ; θρὶξ, τρῐχὸς, cheveu. Exceptez ψὶξ, ψῑχὸς, miette.

24. L'ι pénultième est long dans les génitifs ιπος, ιγος, ιχος. Exemple : ῥὶψ, ῥῑπὸς, claie ; τέττιξ, ιγος, cigale ; φοίνιξ, ιχος, palmier. De même πνὶξ, πνῑγὸς, suffocation. Exemples : τεττῑγεσσιν ἐοικότες, *cicadis similes.* (*Il.* III, 151.)

φοίνῑχος νέον ἔρνος ἀνερχόμενον ἐνόησα [1].

Exceptez ἧλιξ, ιχος, *æqualis ætate.* Exemple :

καὶ βουλῇ μετὰ πάντας ὁμήλῐχας ἔπλευ ἄριστος [2].

L'ι pénultième est encore long dans les trissyllabes qui ont les deux premières brèves, comme nous l'avons dit plus haut. Exemple : ῥᾰφᾰνῑς, ιδος, rave (voyez n. 15).

§ III. Υ *pénultième des Noms.*

25. Υ pénultième est bref. Exemple : ἰχθῦς, ἰχθῠος ; κόρῠς, υθος ; πῦρ, πῠρός.

Exceptez 1° le datif pluriel des participes : ζευγνῦς, ζευγνῦσι.

Exceptez 2° les génitifs en ῡνος et ῡπος. Exemple : Φορκῦς, Φορκῡνος ; γὺψ, γῡπὸς, vautour. Cependant κύων, chien, fait κῠνός.

1. *Palmæ recens germen succrescere vidi* (*Od.* VI, 163).
2. *Et consilio inter omnes æquales optimus es.* (*Il.* IX, 54).

Exceptez 3° les dissyllabes qui ont le génitif en υκος et dont la première est longue : κήρῡξ, ῡκος. Exemple :

αὐτὰρ ὁ κηρῡκεσσι λιγυφθόγγοισι κέλευσεν [1].

Mais κἄλυξ, dont la première est brève, fait κἄλῠκος, calice.

ARTICLE DEUXIÈME

PÉNULTIÈME DES VERBES

26. Par la pénultième d'un verbe, on entend ici la voyelle qui précède la désinence du présent, à la première personne de l'indicatif actif, par exemple υ dans λύω.

Or la pénultième, en général, conserve aux temps secondaires la quantité qu'elle avait aux temps principaux, dont ils sont formés. Exemple : ξῡω (gratter), ἔξῡον; λῡ-σω, ἔλῡ-σα.

La quantité de l'indicatif passe aux autres modes. Exemple : ἔλῡσα, λῡσαιμι.

§ I.

PRÉSENT

1. A pénultième des Verbes.

27. Au présent de l'indicatif, α pénultième est bref dans les verbes en άω et άνω, et dans les verbes en μι venant de verbes en άω. Exemple : γελἄω, rire (que les poètes épiques font γελόω); θλἄω, briser, λαμβἄνω, ἄνδἄνω, ἱστἄμεν. Exemple :

ἀλλ' οὐκ Ἀτρείδῃ Ἀγαμέμνονι ἥνδἄνε θυμῷ [2].

28. *Exceptions.* L'α pénultième est souvent long :

1. *Mandavit autem ille præconibus argutas voces habentibus* (Il. II, 50).
2. *At non Atridæ Agamemnonis hoc placuit animo* (Il. I, 24).

1° quand il se trouve placé entre deux syllabes longues, comme dans πεινάων, *esuriens* (*Il.* III, 25). — 2° Il est long dans les radicaux monosyllabiques qui commencent par deux consonnes, comme μνᾱ-ομαι. — 3° Il est long dans les troisièmes personnes plurielles en ᾱσι, comme λελύκᾱσι, λελοίπᾱσιν, ἱστᾱσι, διδόᾱσιν. Exemple :

τεθνᾱσιν, τιμὴν δὲ λελόγχᾱσ' ἴσα θεοῖσιν [1].

2. I *pénultième des Verbes*.

29. L'ι pénultième est souvent long dans les verbes en ίω, comme dans κῠλῑω, rouler ; κονίω, couvrir de poussière ou soulever la poussière ; χρῑω, oindre ; πρῑω, scier ; δῑω, *opinor*. Exemple :

...καλλίτριχας ἵππους,
οἵ σε πόλινδ' οἴσουσι, κονίοντες πεδίοιο [2].

L'ι pénultième est aussi long dans les verbes qui commencent par deux consonnes, comme βρῑθω, *gravor* ; πνῑγω, *suffoco* ; θλῑβω, *premo* ; τρῑβω, *tero*.

Au parfait second, l'ι est long dans πέφρῑγα, de φρίσσω, *horreo*, et dans τέτρῑγα, de τρίζω, *strido*.

L'ι pénultième est bref dans δῐω, craindre ; ἐσθῐω, manger ; μηνῐω, être en colère ; et dans les formes abrégées de verbes en ίζω, comme ἀτῐω pour ἀτίζω, mépriser. Exemple : ἐσθῐέμεν καὶ πῑνέμεν, manger et boire (*Od.* II, 305). Il est encore bref dans les verbes en ῐάω, comme ἀντῐάω, aller au-devant. — Cependant il est long dans ῑάομαι, guérir.

Homère fait tantôt long et tantôt bref l'ι de τίω. Exemples : περὶ μέν σε τῑω Δαναῶν, *honoro te plus quam Danaos* (*Il.* IV, 57), et κεῖται ἀνὴρ ὅντ' ἴσον ἐτίομεν Ἕκτορι

---

1. *Mortui sunt, honorem vero consecuti sunt æqualem diis* (*Od.* XI, 304).

2. *Pulchros jubis equos, qui te ad urbem ferent, pulverem in campo excitantes* (*Il.* XIII, 820).

δίω, *jacet vir quem honorabamus æqualem Hectori divino* (*Il.* V, 467).

Κηκίω, jaillir, a l'ι long dans Sophocle : κηκῖον αἷμα, *scatens cruor* (*Phil.* 784); et bref dans Homère : θάλασσα δὲ κήκιε πολλή (*Od.* V, 455).

30. Τι redoublement est bref; ι redoublement est aussi bref. Mais Homère le fait long dans les mots où l'hexamètre appelle cette quantité. Exemple : ἱέμενος ποτάμοιο ῥοάων, *contendens ad amnis fluenta* (*Od.* X. 529).

On n'a pas de règles plus précises sur les verbes en ίω.

3. Υ *pénultième des Verbes.*

31. Il n'y a pas non plus de règle générale pour l'υ pénultième des verbes. On peut dire que la quantité se règle souvent sur le bescin de l'hexamètre; car dans les polysyllabes, quand υ pénultième est précédé d'une syllabe longue, il peut être bref devant une brève pour former un dactyle; mais lorsqu'il est suivi d'une longue, il devient long pour former un spondée et entrer ainsi dans l'hexamètre. Par exemple, dans μηνύω, l'υ, qui est bref de sa nature, reste bref devant une brève. Exemple : μήνυε μοι βοῦς, *indica mihi boves* (Hom. *H. Merc.* 254). Mais cet υ devient long devant une longue. Exemple : μηνύειν δ' ἐκέλευεν, *indicare jubebat* (Hom. *H. Merc.* 373).

Il en est de même dans γηρύω et γηρύομαι, chanter, verbes dont l'υ est ordinairement bref devant une brève, et long devant une longue. Il en est de même encore dans ἐρητύω, arrêter.

L'υ est commun dans κωκύω (se lamenter), au présent et à l'imparfait, long dans les autres temps.

32. L'υ est régulièrement long dans ὠρύω, ὠρύομαι, hurler, et dans κωλύω, empêcher, qu'on accentue κωλῦον, au participe neutre. Ce qui n'empêche pas Aristophane de terminer un vers iambique par οὐδὲν κωλύει (*Eq.* 723).

Au reste, l'υ est toujours long au futur et à l'aoriste
de ces verbes. Exemple : μηνύσατε, γηρύσομαι.

33. Quand la syllabe qui précède l'υ pénultième est
brève par nature, l'υ pénultième est bref. Exemple :
ἄνὔω, achever; τἄνὔω, étendre; μεθὔω, s'enivrer.

L'υ pénultième est encore bref dans les verbes en ω
qui viennent d'une forme en υμι, comme δεικνύω, pour
δείκνῡμι.

34. Dans les dissyllabes, υ est souvent commun au
présent et à l'imparfait. Ainsi l'υ de λύω est bref dans
Homère : ἕταροι λύον ἱστία, *socii vela solvebant* (*Od.* XV,
496). Le même υ est long dans Sophocle : ἔπειτα λύων
ἡνίαν ἀριστεράν, *deinde sinistras habenas remittens* (*El.*
743). Mais le futur et l'aoriste actif et moyen de λύω
sont toujours longs : λῦσω, λῦσάμενος.

Au contraire, l'υ de πτύω, long au présent, est bref au
futur et à l'aoriste : πτύσω, ἔπτῠσα. Ex. (*Il.* XXIII, 697) :

αἷμα παχὺ πτύοντα, κάρη βάλλονθ' ἑτέρωσε.

L'υ est bref dans βρύω, jaillir; et κλύω, entendre (sauf
κλῦθι, κλῦτε). Mais il est long dans ξύω, gratter; τρύω,
user; ὕω, pleuvoir. Exemple : ὗε δ' ἄρα Ζεύς, *pluebat autem
Jupiter* (*Il.* XII, 25).

4. Finales en ίνω, ύνω, ύρω, ύχω.

35. Les verbes en ίνω et ύνω ont la pénultième longue
au présent et à l'aoriste actifs : κρῑνω, juger, ἔκρῑνα;
πλῦνω, laver, ἔπλῡνα. Mais on prononce κέκρῐκα, κέκρῐμαι,
ἐκρῐθην, et πέπλῠκα, πέπλῠμαι, ἐπλῠθην (Voyez 41 et 42).
Exemple : ταύρους δώδεκα κεκρῐμένους ἱερεύσομεν, *tauros
duodecim electos sacrificabimus* (*Od.* XIII, 182).

Les Attiques abrègent les deux verbes τίνω et φθίνω.

L'υ est régulièrement long dans ἐντύνω, *parare*.
Exemple : δέπας δ' ἔντῡνον ἑκάστῳ, *poculum autem unicuique
para* (*Il.* IX, 203). Mais il est bref dans ἐντύω. Exemple :
ἔντῠον εὐνήν, *instruebant lectum* (*Od.* XXII, 289).

Les verbes en ὑρω et ὑχω ont toujours la pénultième longue. Exemple : φῦρω, ἀθῦρω, βρῦχω, τρῦχω, ψῦχω.

Mais on dit μαρτῠρέω, qui vient de μάρτυς, μάρτῠρος.

5. *Verbes en υμι.*

56. Quant aux verbes en υμι, ceux de plus de deux syllabes ont υ bref, excepté au singulier du présent de l'indicatif et au singulier de l'imparfait. Exemple : ζεύγνῡμι, ζεύγνῡς, ζεύγνῡσι, ζεύγνῠμεν, ζεύγνῠτε, ζευγνῠᾶσι ou ζεύγνῠσι. — L'impératif ζεύγνῡ est long, parce qu'il est mis pour ζεύγῠε, mais on dit ζευγνῠτω, etc.

Au participe actif, le masculin et le féminin sont longs : ζευγνῡς, ζευγνῡσα. Le neutre est bref : ζεύγνῠν.

A l'imparfait, on prononce ἐζεύγνῡν, ῡς, ῡ. Mais ἐζεύγνῠμεν, ῠτε, ῠσαν, sont brefs.

Dans les verbes dissyllabiques en υμι, l'υ est toujours long : ἔφῦμεν, ἔφῦτε, ἔφῦσαν (syncope poétique, ἔφῠν), φῦναι.

§ II.

FUTUR

A *pénultième du Futur.*

57. Au futur, l'α pénultième est bref, comme dans ἐλάσω, δαμάσω, σπάσω, κεράσω. — La quantité du futur passe à l'aoriste : ἤλᾰσε. — Lorsque les poètes veulent allonger la syllabe pénultième, ils doublent le σ et disent : ἔλασσε, ἐδάμασσε.

58. *Exception.* L'α pénultième est long au futur, s'il est immédiatement précédé d'ε, ι, ο, comme dans ἐᾱσω, μειδιᾱσω, ἀκροᾱσομαι, ou s'il vient après un ρ précédé d'une longue ou d'une muette : γηρᾱσω, φωρᾱσω, δρᾱσω.

I *pénultième du Futur.*

59. L'ι, pénultième douteuse au présent, est pénultième longue au futur et à l'aoriste. Ainsi l'on dit τίω ou τίω, mais le futur est τίσω, et l'aoriste ἔτῑσα. Exemple :

τίσειαν Δαναοὶ ἐμὰ δάκρυα σοῖσι βέλεσσι [1].

Υ pénultième du Futur.

40. Υ, pénultième douteuse au présent, est pénultième longue au futur et à l'aoriste, comme λύω ou λῠω, dont le futur est λῡσω et l'aoriste ἐλῡσα. Exemple :

λῡσόμενός τε θύγατρα, φέρων τ' ἀπερείσι' ἄποινα [2].

Le futur d'un verbe en ύζω, ύσκω, a toujours l'υ bref, comme βλύσω, κλύσω, μεθύσω, de βλύζω, κλύζω, μεθύσκω.

41. Dans les verbes en λω, μω, νω, ρω, la pénultième du futur est toujours brève, et la pénultième de l'aoriste est toujours longue. Ainsi μαραίνω, κρίνω, πλύνω, font au futur μαρᾰνῶ, κρῐνῶ, πλῠνῶ, et à l'aoriste ἐμάρᾱνα, ἔκρῑνα, ἔπλῡνα.

§ III.

PARFAIT

42. Au parfait, la quantité de la pénultième se règle, en général, sur celle du futur. Exemple : δρᾱσω, *faciam*, pf. δέδρᾱκα ; φωρᾱσω, *furem deprehendam*, pf. πέφωρᾱκα. De même ὑβρῐσω fait ὕβρῐκα, et κρῐνῶ, κέκρῐκα.

43. Dans τρίβω, l'ι est long au présent et à l'imparfait, τρῑβω, ἔτρῑβον ; il est bref au parfait et à l'aoriste 2 passif : τέτρῐφα, ἐτρῐβην. Exemple :

τρῑβέμεναι κρῖ λευκὸν ἐϋκτιμένη ἐν ἀλώῃ [3].

L'ι est aussi bref dans la plupart des mots dérivés de ce verbe, qui viennent presque tous de l'aoriste 2, comme τρῐβων, manteau.

---

1. *Luant Danai meas lacrymas tuis sagittis* (*Il.* I, 42).
2. *Redempturus filiam et magnum ferens liberationis pretium.* (*Il.* I, 13).
3. *Triturare hordeum album in area bene condita* (*Il.* XX, 496).

De même ῥίπτω, jeter, fait bref ἔῤῥιφα, ἔῤῥιφον, ἐῤῥίφην.

44. Quelques verbes, dont la pénultième est douteuse au présent et longue au futur, la font brève au parfait; comme λύω ou λῡω, f. λῡσω, pf. λέλῠκα, λέλῠμαι. On dit aussi à l'aoriste passif ἐλῠθην.

45. De même θύω, immoler, est tantôt long, tantôt bref au présent dans Homère. Exemple : ὦ φίλ' ἐπεί σε θύοντα κιχάνω (*Od.* XV, 260), et θῦε δ'Ἀθήνη (*ib.* 222); mais le futur est θῡσω, le parfait τέθῠκα, et l'aoriste passif ἐτῠθην. — Pour θύω, *furere*, il est toujours long : ὀλοῇσι φρεσὶ θῦει, *perniciosis animis furit* (*Il.* I, 342).

Dans μύω, fermer la bouche ou les yeux, l'υ est long au présent et au parfait : μῡω, μέμῡκα ; il est bref au futur et à l'aoriste. Exemple :

οὐ γάρ πω μύσαν ὄσσε ὑπὸ βλεφάροισιν ἐμοῖσιν [1].

46. Dans φύω, l'υ est bref devant une voyelle et long devant une consonne : ἔφῠον, πεφῠώς, φῡσω, πέφῡκα. Ex. :

ὣς ἀνδρῶν γενεὴ ἡμὲν φύει ἠδ' ἀπολήγει [2].

Cependant Sophocle a fait υ long dans φύεται :

ἔπειτα δ' οὐδεὶς ἐχθρὸς οὔτε φύεται
πρὸς χρήματ', οὔτε [3]...

ARTICLE TROISIÈME

DÉRIVÉS ET COMPOSÉS

47. Les noms, les adjectifs, et les verbes dérivés ou composés, conservent la quantité des mots dont ils se forment. Ainsi l'ι étant long dans τῑμὴ, l'est aussi dans ἀτῑμία, τῑμάω, ἀτῑμος, qui en dérivent.

---

1. *Nondum enim clausi sunt oculi sub palpebris meis* (*Il.* XXIV, 637).
2. *Sic hominum generatio nascitur et desinit* (*Il.* VI, 149).
3. *Deinde nemo inimicus est divitiis, neque...* (Fr. *Alcad.* 586, Didot.)

Cependant l'υ est bref dans πῠρέττω et πῠραυγὴς, car ce n'est pas le nominatif πῦρ, mais le génitif πῠρὸς, qui fournit le radical.

48. En composition, les particules ἀ, δα, ζα, ἀρι, ἐρι, δυς, sont brèves. Exemples : ἄμετροεπὴς, qui parle sans mesure ; δᾰφοινὸς, sanglant ; ζᾰθεος, divin ; ἀρῐδηλος, manifeste ; ἐρῐτῑμος, précieux ; δῠσέμβᾰτος, qui est d'un accès difficile.

CHAPITRE QUATRIÈME

TERMINAISONS

1. A *terminal* [1].

49. L'α terminal est bref dans les terminaisons suivantes :

> ἄδον, ἄδος, ἄδιος, ἄδης.
> ἄλεος, ἄλιος, ἄλος.
> ἄμος, ἄνος, ἄνον.
> ἄσις, ἄσῐμος, ἄτιος.
> ἄτηρ, ἄτῐχος, ἄτος, τάτος.
> ἄρος.

Exemples : ὁμῑλ-ἄδον, κέλ-ἄδος, μινυνθ-ἄδιος, Ἀλκιβι-ἄδης.

> διψ-ἄλέος, ἐν-ἄλιος, πασσ-ἄλος.
> ποτ-ἄμὸς, οὐρ-ἄνὸς, ὀργ-ἄνον.
> δύν-ἄσις, ἐργ-ἄσιμος, θαυμ-ἄσιος.
> ἐλ-ἄτὴρ, γραμμ-ἄτιχὸς, δυν-ἄτὸς, φίλ-τᾰτος,
> βάρβ-ἄρος. — Exceptez ἀνιᾱρὸς, de ἀνῑᾱ.

L'α est encore bref dans les noms neutres de la 3ᵉ déclinaison, comme φᾰος, βᾰθος, τᾰχος, ἔδᾰφος.

1. Nous appellons terminal l'α qui, venant après le radical, commence la terminaison.

50. A terminal est long : 1° dans les noms dérivés de verbes en ἀω, comme ὄρ-ᾱμα, θέ-ᾱμα, θη-ρᾱτὸς, πείρ-ᾱσις ; — 2° dans les terminaisons des noms propres en ᾱνος, ᾱνις, ᾱων, ᾱτις. Exemple : Γερμ-ᾱνὸς, Βρετ-ᾱνις, Μαχ-ᾱων, Σπαρτι-ᾱτις. De même les noms en λᾱος, comme Μενέλᾱος ; — 3° dans ᾱτης, quand il est précédé d'une voyelle, comme ἀκρο-ᾱτὴς, Σπαρτι-ᾱτης, Ἀσι-ᾱτης. Mais α est bref dans ᾰτης, quand il est précédé d'une consonne, comme ἐργ-ᾰτης, ἱππηλ-ᾰτης, Σωκρ-ᾰτης.

51. Αϊς dans un nom masculin est bref. Exemple : Τάν-ᾰϊς. Mais ᾱϊς dans un adjectif ou un nom féminin, est long, comme dans Ἀχ-ᾱΐς. Exemple :

ἦ μέγα πένθος Ἀχᾱΐδα γαῖαν ἱκάνει[1].

2. I *terminal.*

52. L'ι terminal est bref dans les mots et les terminaisons suivantes : Ἀττ-ῐκὸς, νόστ-ῐμος, Αἰσχ-ῐνης, Νεστορ-ῐδης, κρ-ῐσις, κρ-ῐτος, δολ-ῐχὸς, γλυκ-ῐων, Δευκαλ-ῐων (gén. ωνος, par ω).

53. I terminal est encore bref dans ῐᾱ, comme φῐλῐᾱ. Mais les poètes l'allongent dans ἄνῑᾱ, κονῑᾱ, κᾱλῑᾱ, nid.

54. I terminal est long dans la désinence πέδ-ῑλον, sandale. Exemple :

αὐτίκ᾽ ἔπειθ᾽ ὑπὸ ποσσὶν ἐδήσατο καλὰ πεδῑλα[2].

I terminal est long dans les désinences πολ-ῑτης, citoyen ; νεφρ-ῑτης, νεφρ-ῑτις, qui concerne les reins ; χελ-ῑδὼν, hirondelle. Exemple : χελῑδόνι εἰκέλη αὐδήν, *hirundini similis voce* (*Od.* XXI, 411).

De même dans Κηφῑσὸς, Ἀγχ-ῑσης, Ἀμφ-ῑων (gén. ονος par ο). Exemple :

ὁπλοτάτην κούρην Ἀμφῑονος Ἰασίδαο[3].

---

1. *Profecto luctus magnus Achivam terram invadit* (*Il.* I, 254).
2. *Statim deinde sub pedibus ligavit pulcra talaria* (*Il.* XXIV, 340).
3. *Minimam natu filiam Amphionis Iasi* ⁓ (*Od.* XI, 283).

55. I terminal est long dans tous les noms propres et dans beaucoup de noms communs en ῑνος. Exemple : Λατῖνος, χαλῖνός, frein. Mais il est bref dans les adjectifs en ἴνος, comme κέδρῐνος, de cèdre, ἑωθῐνός, matinal.

56. I terminal est long dans ῑλος quand l'accent porte sur l'antépénultième : ὅμ-ῑλος, assemblée. Mais ι terminal est bref dans ἴλος, quand l'accent porte sur la pénultième. Ainsi ναυτ-ίλος étant accentué sur l'ι, l'ι est bref : ναυτῐλος, matelot. — De même, ποικῐλος, varié.

3. Υ terminal.

57. Υ est bref dans les terminaisons suivantes : σταφ-ῠλη, raisin ; καμπ-ῠλος, courbé ; δἰδ-ῠμος, double, jumeau ; φ-ῠσις, nature ; σωφρο-σῠνη, tempérance ; γηθό-σῠνος, joyeux ; ἥ-σῠχος, tranquille ; βλο-σῠρός, terrible. Exemple :

τὼ δέ οἱ ὄσσε
λαμπέσθην βλοσῠρῇσιν ὑπ' ὀφρύσι [1].

Si la terminaison υρος est précédée d'une syllabe longue de sa nature, l'υ est long : οἰζ-ῡρὸς, infortuné ; ἰσχ-ῡρός, fort.

58. Υ est long dans les terminaisons λῦμα et λύμη, ordure ; λύπη, chagrin ; θῦμό:, courage ; ῥῡτωρ et ῥυτήρ, libérateur ; πρεσβῡτις, vieille femme.

Ajoutez βοτρῡδόν, en forme de grappe.

59. Dans les masculins ύτης, ύτου, l'υ est long : πρεσβ-ῡτης, ῡτου, vieillard. Mais les noms féminins en ύτης, ύτητος, ont l'υ bref : βραδῠτης, ῠτητος, lenteur.

60. Υ est long dans ἄμ-ῡνᾰ, secours ; αἰσχ-ῡνη, honte ; κίνδ-ῡνος, péril ; γέφ-ῡρᾰ, pont ; ἄγκ-ῡρᾰ, *anchora*, avec finale brève. — Mais si l'α de la désinence υρᾱ, est long, l'υ est bref. Exemple : λῠρᾱ, lyre ; θῠρᾱ, porte ; φιλῠρᾱ, tilleul.

---

1. *Et oculi fulgebant ei sub torvis superciliis* (Il. XV, 608).

61. Notez enfin les terminaisons ῦρον, ῦσος et ῦσης, comme λάφ-ῦρον, dépouille; Διόν-ῦσος et Καμϐ-ῦσης. Exemple :

$$\sigma\varepsilon\tilde{\upsilon}\tau\alpha\iota\ \pi\acute{\alpha}\sigma\alpha\varsigma\ \grave{\alpha}\rho\varepsilon\tau\tilde{\alpha}\varsigma$$
$$\lambda\breve{\alpha}\varphi\tilde{\upsilon}\rho'\ \breve{\varepsilon}\chi\omega\nu\ \grave{\varepsilon}\pi'\ o\breve{\iota}\kappa o\upsilon\varsigma\ ^{1}.$$

4. Diminutifs.

62. Les terminaisons des diminutifs sont brèves. Exemple : ὀστρ-άκιον, petit coquillage; δουλ-άριον, méchant petit esclave; δορ-άτιον, petit javelot; ἀηδον-ἰδεὐς, jeune rossignol; κόρ-ιον, jeune fille; βο-ἰδῖον, bouvillon.

Exceptez θωρ-άκιον, petite cuirasse, dont l'α est long, parce qu'il vient de θώραξ; et ἀργυρ-ἰδῖον, petite pièce d'argent, contracté de ἀργυρί-ιδῖον. De même, ἱμάτ-ιδῖον, petit habit, est mis pour ἱμάτῐ-ἰδιον. (R. ἱμάτιον, habit, $-\ \cup\ \cup\ \cup$.)

Telles sont les principales règles de la Quantité des syllabes dans la langue grecque. Mais il n'est pas rare que les poètes en changent la valeur. Souvent ils comptent pour brève une syllabe longue de sa nature, et pour longue une syllabe brève. Toutefois ces licences ont leurs règles : elles appartiennent à la *Métrique*, où elles seront expliquées dans un chapitre spécial.

---

1. *Domum properat (Alcides) omnigenæ virtutis spolia nactus* (Soph. *Trach.*, 645). — Πάσας ἀρετᾶς est une forme dorique, mise pour πάσης ἀρετῆς.

FIN DE LA PREMIÈRE PARTIE.

TABLE DE LA QUANTITÉ.

PRÉFACE DE LA MÉTRIQUE

Les études grecques ont fait d'heureux progrès en France depuis une soixantaine d'années. La langue grecque n'a pas été seulement enseignée dans tous les collèges de l'État et du clergé, mais on a vu briller, dans l'Université et dans l'Église, des hellénistes d'un mérite incontestable. Et pourtant, chose singulière, plusieurs de ces savants qui lisaient et admiraient Homère ne savaient pas scander les vers d'Homère !

Il est cependant nécessaire de connaître les règles qu'un poète a suivies en modulant ses vers, si l'on veut en sentir la perfection. Car le plus beau vers n'est qu'une ligne de prose harmonieuse pour celui qui en ignore la mesure.

Les principes de versification latine et grecque ont donc leur importance.

Cette considération nous avait engagé, il y a une trentaine d'années, à donner un précis de *Métrique* à la fin de notre grammaire grecque.

Aujourd'hui que l'attention se porte vers cette partie

des études, autrefois trop négligée, nous avons repris notre premier travail, et nous l'avons complété.

Nous l'offrons à la jeunesse de nos écoles et aux maîtres zélés qui s'efforcent d'inspirer à leurs élèves le goût des admirables poésies d'Homère et de Sophocle.

A. MAUNOURY.

Petit séminaire de Séez. 1883.

PROSODIE GRECQUE

DEUXIÈME PARTIE
MÉTRIQUE

CHAPITRE PREMIER
DES PIEDS

1. La Métrique est une réunion de préceptes qui apprend à mesurer les vers.

En grec, comme en latin, les vers se composent de mètres, et les mètres sont formés par des pieds.

Les pieds employés dans la poésie grecque sont au nombre de vingt-huit, savoir :

Quatre de deux syllabes :

Le pyrrhique, ⌣ ⌣, θεός ;

Le spondée, ‒ ‒, ἡμῶν ;

Le trochée ou chorée, ‒ ⌣, ἔλθε ;

Et l'ïambe, ⌣ ‒, θεούς.

Huit de trois syllabes :

Le tribraque, ⌣ ⌣ ⌣, τρέχετε ;

Le molosse, ‒ ‒ ‒, ἡρώων ;

Le dactyle ‒ ⌣ ⌣, Ἕκτορος ;

L'anapeste, ⌣ ⌣ ‒, κεφαλήν ;

Le crétique ou amphimacre, ‒ ⌣ ‒, σωμάτων ;

L'amphibraque, ⌣ ‒ ⌣, λέοντᾰ ;

Le bacchius, ⌣ ‒ ‒, λεόντων ;

Et l'antibacchius ou palimbacchius, ‒ ‒ ⌣, ἥρωᾰ.

Seize de quatre syllabes :

Le procéleusmatique, $\cup \cup \cup \cup$, ἐτρέχετε ;

Le dispondée, $- - - -$, ὁρμησάντων ;

Le ditrochée ou dichorée, $- \cup - \cup$, σωμάτων τε ;

Le diïambe, $\cup - \cup -$, Ἀχιλλέως ;

Le choriambe, $- \cup \cup -$, οὐλομένην ;

L'antispaste, $\cup - - \cup$, ἐκώλυσεν ;

L'ionique majeur (ἰωνικὸς ἀπὸ μείζονος), $- - \cup \cup$, ὡρμή-σαμεν ;

L'ionique mineur (ἰωνικὸς ἀπ' ἐλάσσονος), $\cup \cup - -$, πε-φιληκώς ;

Le péon premier, $- \cup \cup \cup$, πρωτότοκος ;

Le péon deuxième, $\cup - \cup \cup$, χελιδόνος ;

Le péon troisième, $\cup \cup - \cup$, πεφίληκε ;

Le péon quatrième, $\cup \cup \cup -$, τετελεκώς ;

L'épitrite premier, $\cup - - -$, ἐφορμήσας ;

L'épitrite deuxième, $- \cup - -$, ἡ χελιδών ;

L'épitrite troisième, $- - \cup -$, τῶν σωμάτων ;

Et enfin l'épitrite quatrième, $- - - \cup$, κωλύσαντᾰ.

DÉSIGNATION DES VERS

2. Chaque vers porte, en général, le nom du pied qui y domine. Ainsi l'on nomme vers dactylique, ïambique, trochaïque, anapestique, choriambique, le vers où domine le dactyle, l'ïambe, le trochée, l'anapeste, ou le choriambe. Or le pied qui est censé dominer dans un vers est le dernier pied complet du vers. C'est la place qui lui est spécialement réservée. Il la garde toujours, ou ne la cède que par une exception motivée.

On ajoute l'épithète de monomètre, dimètre, trimè-tre, tétramètre, pentamètre, hexamètre, selon que le vers a un, deux, trois, quatre, cinq, six mètres.

Enfin si le vers a une syllabe de plus que le nombre de mètres exprimés, il se nomme hypermètre ; s'il en a une de moins, il est catalectique (καταληκτικὸς) ou incomplet. S'il a deux syllabes de moins, il prend le nom de brachycatalectique.

5. Le rhythme est une succession régulière de temps mesurés.

Par exemple, on appelle rhythme dactylique, ïambique, anapestique, un espace de discours où le dactyle, l'ïambe, l'anapeste reviennent à intervalles réguliers.

Dans les rhythmes ïambique, trochaïque et anapestique, un mètre se compose de deux pieds; mais dans le rhythme dactylique et dans ceux qui emploient des pieds de quatre syllabes (par exemple, le choriambe), chaque pied fait un mètre.

Iambique dimètre.

καὶ μαίνομαι, | κοὐ μαίνομαι. (*Anacr.*)
Ut prisca gens | mortalium. (*Hor.*)

Iambique dimètre hypermètre.

γυναικὸς ἀν | τίον σταθέν | τες. (*Eur.*)
Et cuncta ter | rarum suba | cta. (*Hor.*)

Iambique dimètre catalectique.

θέλω λέγειν | ᾿Ατρείδας. (*Anacr.*)

Iambique dimètre brachycatalectique.

τέκνων ἐμῶν | φύλαξ. (*Eurip.*)

CHAPITRE DEUXIÈME

RHYTHME DACTYLIQUE

ARTICLE PREMIER

HEXAMÈTRE

4. L'hexamètre dactylique, lorsqu'il est complet, se compose de six dactyles; c'est-à-dire que, s'il admet le

spondée aux cinq premiers pieds, du moins le sixième
est un dactyle. Ce vers est peu usité ; on en voit quelques exemples dans les chœurs des poètes tragiques, où
il se mêle à d'autres vers.

εἴ ποτε | καὶ προτέ | ρας ἄ | τας ὑπερ | ορνυμέ | νας πόλει
ἠνύσατ' ἐκτοπίαν φλόγα πήματος, ἔλθετε καὶ νῦν[1].
ἰὼ | παντλά | μων Νιό | βα, σὲ δ'ἔ | γωγε νέ | μω θεόν[2].

VERS HÉROÏQUE

5. Le vers héroïque est un hexamètre dactylique
catalectique. Il se compose naturellement de cinq
dactyles et d'un trochée [3]. Exemple :

ἄνδρα μοι | ἔννεπε, | Μοῦσα, πο | λύτροπον, | ὃς μάλα | πολλὰ
πλάγχθή[4].

Mais comme le spondée présente la même mesure
que le dactyle, puisqu'une longue vaut deux brèves, on
admet le spondée aux quatre premières places, en
l'entremêlant au dactyle, afin de donner au vers plus
de majesté. En outre la dernière syllabe de tout vers
étant à volonté brève ou longue, on peut aussi finir le
vers héroïque par un spondée. La cinquième place est
réservée au dactyle, parce que le dernier pied complet
doit être celui dont le rhythme porte le nom. Cependant
les poètes mettent quelquefois le spondée au cinquième

---

1. *Quandoquidem ingruentis prius urbi calamitatis repulistis
noxiam flammam, etiam nunc adeste.* (Soph. *Œd. R.* 164.) Le
second vers est un vers héroïque.

2. *O miserrima Niobe, ego te veneror ut deam.* (Soph. *Elect.* 150.)

3. Dans le rhythme dactylique, un vers est καταληκτικὸς εἰς δισύλλαβον, si le dernier pied a une syllabe de moins. Il est catalectique
εἰς συλλαβὴν, s'il lui manque deux syllabes. Le vers héroïque est
donc καταληκτικὸς εἰς δισύλλαβον.

4. *Virum mihi dic, Musa, versutum qui multum erravit.* (Od. I, 1.)

pied, et le vers se nomme alors spondaïque. Exemple :

οὔρεά τε σκιόεντα, θάλασσά τε | ἠχήεσσα [1].

Cara deûm soboles, magnum Jovis | incrementum.
(Virg. *Egl.* IV, 49.)

Dans ce cas la quatrième place revient ordinairement au dactyle, comme on le voit dans ces deux derniers exemples [2].

Liaison des pieds.

6. Les mètres doivent s'étendre d'un mot à l'autre dans l'intérieur du vers. C'est ce qu'on appelle liaison des pieds. Un mot se trouve ainsi divisé en deux parties, dont l'une appartient au mètre qui précède, et l'autre au mètre suivant. Exemple :

μῆνιν ἄ | ᾿ειδε, θε | ὰ, Πη | ληϊά | δεω Ἀχί | ληος.

Il faut, dans chaque vers, qu'il y ait au moins une liaison par longue ou par brève. Exemple :

ὣς φάτο δακρυχέ | ων· τοῦ | δ᾿ ἔκλυε πότνια μήτηρ [3].
ἄνδρα μοι ἔννεπε, | Μοῦσα, πο | λύτροπον, ὃς μάλα πολλά.

On voit que la mesure partage δακρυχέων dans le premier vers, et πολύτροπον dans le second. Un vers

1. *Umbrosique montes et resonans mare.* (*Il.* I, 157.)
2. On remarque toutefois dans l'Iliade un vers dont le premier pied seul est dactyle :

οὕνεκα τὸν Χρύσην ἠτίμησ᾿ ἀρητῆρα.
(*Il.* I, 11.)

Un autre est même composé de six spondées :

τὼ δ᾿ ἐν Μεσσήνῃ ξυμβλήτην ἀλλήλοιϊν.
(*Il.* XXI, 15.)

Ce dernier vers était loué par les anciens, au témoignage d'Eustathe.
3. *Sic ait lacrymans, hunc autem audiit veneranda mater.* (*Il.* I, 357.)

dont chaque mot détaché formerait un pied serait sans grâce, comme ceux-ci d'Ennius :

> Sparsis hastis longis campus splendet et horret.
> Disperge hostes, distrahe, diduc, divide, differ.

7. Afin d'éviter la monotonie, on rejette souvent une partie de la phrase au vers suivant, pour y former la coupe principale. Exemple :

> μῆνιν ἄειδε, Θεὰ, Πηληϊάδεω Ἀχιλῆος
> οὐλομένην, | ἢ μυρί' Ἀχαιοῖς ἄλγε' ἔθηκε, [1].

Rien ne serait plus ennuyeux qu'une suite de vers dont chacun formerait une phrase.

Ainsi l'enjambement, qui est un défaut dans la poésie française, est une beauté en grec et en latin.

Arsis et Thesis.

8. Le mètre se divise en deux parties : l'une marquée par l'élévation du doigt, quand on scande le vers, se nomme *Arsis* (ἄρσις, de αἴρω, lever). L'autre, marquée par l'abaissement du doigt, se nomme *Thesis* (θέσις de τίθημι, poser) [2]. Exemple :

> a   th   a   th   a   th   a   th   a   th   a   th
> ὣς φάτο | δα κρυχέ | ων, τοῦ | δ'ἔ κλυε | πό τνια | μή τηρ.

On voit que le vers héroïque peut se battre en mesure, comme un air de musique ; et lorsqu'il est suivi de l'élégiaque, il forme avec lui un distique ou une petite strophe, qui est pleine de grâce, si on laisse retomber le doigt en silence après chaque hémistiche de l'élé-

---

1. *Iram cane, dea, Pelidæ Achillis perniciosam, quæ plurimos Achivis attulit dolores. (Il. I, 1.)*

2. *In dactylo tollitur una longa, ponuntur duæ breves. In arsi sublatio pedis ; thesis, positio pedis. (Mar. Victor.)* — Aujourd'hui on appelle temps fort la thésis, et l'arsis temps faible.

giaque. On peut en faire l'essai sur les distiques
suivants :

οὐκ ἔρχμαι πλουτεῖν, οὐδ' εὔχομαι· ἄλλα μοι εἴη
ζῆν ἀπὸ τῶν ὀλίγων μηδὲν ἔχοντι κακόν [1].

Donec eris felix multos numerabis amicos :
Tempora si fuerint nubila, solus eris.

(Ovide.)

9. Les poètes ont soin de faire en sorte que l'arsis ne
se rencontre pas toujours avec l'accent tonique. Ce
serait une monotonie fatigante, comme dans ce vers :

Sóle cadénte juvéncus arátra relíquit in árvo.

Au contraire, dans les vers suivants, la rencontre de
l'accent et de l'arsis produit un heureux effet, parce
qu'elle n'est pas continuelle.

Fortunam Priami cantábo et nóbile béllum.
Móllia securæ peragébant ótia géntes.

Césure.

10. La beauté du vers héroïque dépend beaucoup de
la césure. La césure ou coupe (τομή) divise le vers en
deux parties. C'est un repos dans un vers, comme Boi-
leau l'a si bien exprimé, en donnant tout à la fois le
précepte et l'exemple :

Que toujours dans vos vers, le sens coupant les mots,
Suspende l'hémistiche, en marque le repos.

Ce repos doit toujours être plus ou moins marqué
par le sens et par une cadence harmonieuse.

Tout vers héroïque doit avoir une coupe qui le divise en deux séries de mots. Car il se compose au
moins de treize syllabes ; et treize syllabes prononcées

---

1. *Non dives esse cupio, nec opto ; sed mihi contingat vivere ex modicis, nullum habenti malum.* (Théogn. 1151.)

de suite, sans un seul repos, offriraient à l'oreille quelque chose de confus. Ce serait une ligne de prose [1].

Remarque. Dans nos prosodies latines, on a coutume d'appeler césure une syllabe longue qui finit un mot et commence un pied. Cette définition a le désavantage de confondre la césure avec la liaison des pieds et des mètres. La vraie césure ne partage pas les mots du vers, mais elle divise le vers lui-même en deux hémistiches.

Place de la Césure.

11. La césure peut se mettre après chaque syllabe du vers héroïque, moins la dernière, après laquelle vient le repos final ; mais la place n'est pas indifférente. Voici celles qu'Homère choisit de préférence.

a). La coupe qui donne au vers le plus de force et de noblesse suit la troisième arsis [2]. Elle partage le vers en deux hémistiches inégaux, dont le premier finit par un majestueux choriambe, $-\,\cup\,\cup\,-$. Exemple.

ὣς φάτο δακρυχέων· | τοῦ δ' ἔκλυε πότνια μήτηρ.

Urbs antiqua fuit, | Tyrii tenuere coloni.

b). La seconde se met après le troisième trochée. C'est elle qui donne au vers le plus de douceur et de volubilité.

ἠὼς μὲν κροκόπεπλος | ἐκίδνατο πᾶσαν ἐπ' αἶαν [3].
Κουρῆτές τ' ἐμάχοντο, | καὶ Αἰτωλοὶ μενεχάρμαι [4].

---

1. *Incisiones versuum quas Græci* τομάς *vocant, ante omnia in Hexametro Heroïco necessario observandæ sunt. Omnis enim versus in duo cola formandus est, qui Herous Hexameter merito nuncupabitur, si competenti divisionum ratione dirimatur. Sex enim pedum percussio versum quidem Hexametrum, non tamen Heroum, si legem incisionis non tenuerit, faciet.* (Marius Victorinus.)

2. Les grammairiens l'appellent penthémimère (πενθημιμερής), parce qu'elle comprend les cinq premiers demi-pieds.

3. *Aurora croceo peplo velata spargebatur per universam terram.* (*Il.* VIII, 1.)

4. *Curetes pugnabant et Ætoli prælio fortes.* (*Il.* IX, 529.)

ψυχὴ δὲ ποδώκεος Αἰακίδαο
Φοίτα μακρὰ βιϐῶσα | κατ᾽ ἀσφοδελὸν λειμῶνα [1].
τῶν δέ τε τήλοσε δοῦπον | ἐν οὔρεσιν ἔκλυε ποιμήν [2].

Cette coupe, très fréquente dans Homère, est assez rare dans Virgile. Cependant il l'emploie d'une manière heureuse, surtout quand il orne son vers de mots grecs. Exemple :

Orphei Calliopæa, | Lino formosus Apollo.

(Egl. V, 57.)

c). La troisième césure se place après la quatrième arsis [3]. Exemple :

νοῦσον ἀνὰ στρατὸν ὦρσε κακήν· | ὀλέκοντο δὲ λαοί [4].

Errabant acti fatis | maria omnia circum.

La coupe du troisième trochée et celle de la quatrième arsis alternent gracieusement dans ces deux vers de Méléagre [5] :

ἀλκυόνες περὶ κῦμα, | χελιδόνες ἀμφὶ μέλαθρα,
κύκνος ἐπ᾽ ὀχθαισιν ποταμοῦ, | καὶ ὑπ᾽ ἄλσος ἀηδών.

L'alcyon sur les mers, près des toits l'hirondelle,
Le cygne au bord du lac, sous les bois Philomèle.

Comme cette dernière coupe vient un peu tard, on la fait souvent précéder d'une autre. Exemple :

ὣς ἔφατ᾽· | ἔδδεισεν δ᾽ ὁ γέρων, | καὶ ἐπείθετο μύθῳ [6].

Sceptra tenens | mollitque animos, | et temperat iras.

1. *Anima autem velocis pedibus Æacidæ ibat, magnis passibus gradiens per pratum asphodelo plenum.* (Od. XI, 538.)
2. *Horum fragorem procul in montibus audiebat pastor.* (Il. IV, 455.)
3. Elle s'appelle hephthémimère (ἑφθημιμερὴς), parce qu'elle ferme les sept premiers demi-pieds.
4. *Morbum noxium excitavit in exercitu, populi autem peribant.* (Il. I, 10.)
5. Méléagre, né cinquante ans avant J.-C. à Gadara, ville voisine du lac de Génésareth en Palestine.
6. *Sic ait ; timuit autem senex, et mandato paruit.* (Il. I, 33.)

12. *d*). La quatrième coupe sépare le vers après le
quatrième dactyle. Comme elle est très aimée des poètes
bucoliques, on appelle tétrapodie bucolique les quatre
premiers pieds du vers qu'elle partage. Cette coupe
donne au vers quelque chose de simple et de naïf,
quand le dactyle du quatrième pied est formé par un
seul mot, comme αἰπόλε, ou par deux mots entiers,
comme ἀ πίτυς. Exemple :

> Insanire libet quoniam tibi, | pocula ponam. (*Egl.* 711.)

> ἁδύ τι τὸ ψιθύρισμα καὶ ἀ πίτυς, | αἰπόλε, τήνα,
> ἀ ποτὶ ταῖς παγαῖσι, μελίσδεται· ἁδὺ δὲ καὶ τύ.
>
> (*Théocr.*, 1.)

**Deux vers gracieux que Terentianus Maurus traduit
ainsi :**

> Dulce tibi pinus summurat, en tibi, pastor,
> Proxima fonticulis ; et tu quoque dulcia pangis.
>
> (*Ter.* *M.* v. 2130.)

Homère emploie cette coupe dans le grandiose,
mais avec rejet au vers suivant. Exemple :

> κῦμα θαλάσσης
> πόντῳ μὲν τὰ πρῶτα κορύσσεται· | αὐτὰρ ἔπειτα
> χέρσῳ ῥηγνύμενον μεγάλα βρέμει· | ἀμφὶ δέ τ' ἄκρας
> κυρτὸν ἐὸν κορυφοῦται, ἀποπτύει δ' ἁλὸς ἄχνην [1].

Virgile adopte la même césure dans un sujet semblable :

> Continuo ventis surgentibus, | aut freta ponti
> Incipiunt agitata tumescere, | et aridus altis
> Montibus audiri fragor. (*Georg.* I, 336.)

Voilà les quatre principales césures que mentionnent
les anciens grammairiens grecs, et ils les désignent

---

1. *Fluctus in alto mari primum attollitur, at postea terræ allisus
vehementer fremit, et circum promontoria in altum glomeratur spu-
mamque maris exspuit.* (*Il.* IV, 24.)

ainsi : πενθημιμερής, κατὰ τρίτον τροχαῖον, ἐφθημιμερής, et τετραποδία βουκολική[1].

13. Cependant il y en a trois autres qui donnent à la marche du vers quelque chose de noble, de vif, d'agréable, et qui sont aussi fréquemment employées.

e). L'une suit le premier trochée. Exemple :

> ἄνδρα μοι ἔννεπε, Μοῦσα, πολύτροπον, ὃς μάλα πολλὰ
> πλάγχθη, | ἔπει Τροίης ἱερὸν πτολίεθρον ἔπερσεν[2].

Cette coupe, dans Virgile, peint à merveille la fière démarche d'un guerrier :

> Vociferans tumidusque novo præcordia regno
> Ibat, | et ingenti sese clamore ferebat.
>> (*Æn.* IX, 596.)

f). La seconde suit le premier dactyle. Exemple :

> ὠκέες ἵπποι
> ἦλθον ἀν' ἰωχμὸν θρασὺν ἡνίοχον φορέοντες
> Ἕκτορα. | Καί νύ κεν ἔνθ' ὁ γέρων ἀπὸ θυμὸν ὄλεσσεν[3].

Ce rejet inattendu, cette suspension soudaine après le premier dactyle peint ici l'étonnement et la frayeur des guerriers grecs à l'apparition d'Hector. Au reste, cette coupe s'emploie souvent sans que le poète cherche un autre effet que l'harmonie. Exemple :

> ὣς ἔφατ', | ἔδδεισεν δ' ὁ γέρων, καὶ ἐπείθετο μύθῳ.
>> (*Il.* I, 33.)

1. Terentianus Maurus, qui a composé un poème ingénieux sur la Métrique latine vers la fin du premier siècle, ne nomme que trois césures admises par les grammairiens de son temps, pour le vers héroïque, savoir : la penthémimère, comme *Tityre tu patulæ;* l'hephthémimère, comme *Inde toro pater Ænæas ;* et celle du troisième trochée, comme : *O passi graviora.* Mais il avoue qu'elles ne sont pas les seules légitimes, et il cite pour exemple : *Magnamini Jovis ingratum ascendere cubile.* (*Æn.* XII, 144.)

2. *Virum mihi dic, Musa, versutum, qui multum erravit postquam Trojæ sacram urbem evertit.* (*Od.* I, 1.)

3. *Veloces equi in turbam venerunt, audacem aurigam ferentes Hectorem ; et tunc ibi senex animam perdidisset.* (*Il.* VIII, 89.)

De même dans Virgile :

Ingemit, | et suplices tendens ad sidera palmas.
(*Æn.* 1, 97.)

g). La troisième suit la deuxième arsis, et le vers semble commencer par un choriambe. Exemple :

μῆνιν ἄειδε, θεὰ, Πηληϊάδεω Ἀχιλῆος
οὐλομένην, | ἣ μυρι᾽ Ἀχαιοῖς ἄλγε᾽ ἔθηκεν.

De même dans Virgile :

Celsa sedet Æolus arce
Sceptra tenens ; | mollitque animos et temperat iras.
(*Æn.* 1, 60.)

Telles sont les césures qu'Homère emploie le plus souvent, en les choisissant et les variant avec art.

14. Toutefois il y en a encore deux que nous ne pouvons passer sous silence. Elles sont très rares ; mais étant employées à propos, elles produisent un heureux effet.

h). C'est d'abord celle qui suit la première arsis. Exemple :

αὐτὰρ ἔπειτ᾽ αὐτοῖσι βέλος ἐχεπευκὲς ἐφείς
βάλλ᾽, | αἰεὶ δὲ πυραὶ νεκύων χαίοντο θαμειαί[1].
(*Il.* I, 51.)

Le monosyllabe βάλλ᾽ fait entendre à l'oreille le bruit du trait qui part, tandis que le prolongement du vers peint le ravage que la flèche divine cause dans l'armée des Grecs. — Ce même vers a un léger repos après νεκύων, c'est-à-dire à la quatrième arsis.

j). L'autre césure partage en deux le sixième pied, comme dans ce vers d'Homère :

ἄστρα δὲ δὴ προβέβηκε, παρῴχηκεν δὲ πλέων | νύξ
τῶν δύο μοιράων[2].

1. *At postea ipsis hominibus lugubre jaculum mittens, feriit; perpetuo autem rogi cadaverum ardebant frequentes.* (*Il.* I, 11.)

2. *Astra jam processerunt, et præteriit plus noctis, quam duæ partes.* (*Il.* X, 252.)

Horace emploie avec bonheur la même césure :

Parturient montes, nascetur ridiculus | mus.
Vixisset canis immundus, vel amica luto | sus.

Ceux-ci de Virgile sont plus beaux encore :

Dat latus, insequitur cumulo præruptus aquæ | mons.
(*Æn.* I, 105.)

Sternitur, exanimisque tremens procumbit humi | bos.
(*Æn.* V, 481.)

Mais, comme on le voit encore, cette césure qui partage le sixième pied est toujours précédée d'une autre.

15. Il y a des césures qu'Homère paraît éviter. Ainsi, il ne coupe point son vers après le troisième pied[1], comme dans cette inscription qu'on lisait en Crète sur le tombeau de Jupiter :

ἐνταῦθα Ζῆν κεῖται, | τὸν Δία κικλήσκουσιν.

Virgile néanmoins sait en faire quelquefois un heureux usage, comme dans ces beaux vers, que nous avons déjà cités :

Incipiunt agitata tumescere, et aridus altis
Montibus audiri fragor, | aut resonantia longe
Littora misceri. (*Georg.* I, 357.)

16. On ne trouve pas non plus, dans Homère, la césure après le quatrième trochée, comme dans ce vers d'Horace :

Olim truncus eram ficulnus, | inutile lignum.
(I *Sat.*, VIII.)

Cette coupe est en effet peu agréable. Si Horace se la permet dans ses Satires ou ses Épîtres, c'est parce que ce genre de poésie se rapproche de la prose. Souvent

1. *Namque tome media est versu non apta severo*, dit Terentianus Maurus. (V. 2748.)

Horace brise son vers et il en dissimule l'éclat, afin de
paraître plus naturel. Il cherche une élégante simplicité,
et il tâche de réaliser l'idée qu'il se forme d'un écrivain
parfait :

> Ut sibi quivis
> Speret idem, sudet multum, frustraque laboret
> Ausus idem. (*A. P.* 240.)

Au reste, il y a dans le vers que nous venons de citer
une première césure après *eram*.

17. On ne voit pas non plus, dans Homère, une césure
après le cinquième pied. Οὐδέποτε ὁ εἰκοστὸς χρόνος τοῦ
ἡρωϊκοῦ στιγμὴν ἐπιδέχεται, disent les grammairiens grecs[1].
Pourtant cette coupe ne déplaît pas dans Lucain et
dans Virgile. « Ipsi », dit Pompée en parlant des dieux
de Rome,

> Ipsi tela regent per viscera Cæsaris, | ipsi
> Romanas sancire volent hoc sanguine leges.
> (Pharsal. VII, 350.)

> Nullane jam Trojæ dicentur mœnia? | nusquam
> Hectoreos amnes, Xanthum et Simoenta videbo?
> (Æn. V, 633.)

18. Enfin nous dirons la même chose de la césure
après le cinquième trochée : Homère l'évite, et Virgile
en use avec habileté. Exemple :

> Alta jubet discedere late
> Flumina, qua juvenis gressus inferret ; | at illum
> Curvata in montis faciem circumstetit unda.
> (Georg. IV, 360.)

> Ast ego, quæ divûm incedo regina, | Jovisque
> Et soror et conjux.
> (Æn. I, 50.)

Horace l'emploie aussi avec bonheur. Qui ne connaît
ces beaux vers?

---

1. Ils comptent une brève pour un temps ; d'où il suit que les
cinq premiers pieds font vingt temps.

Rusticus exspectat dum defluat amnis; | at ille
Labitur, et labetur in omne volubilis ævum.
(I *Ep.* II, 42.)

IRRÉGULARITÉS.

19. Le vers héroïque s'éloigne quelquefois de la
mesure dans Homère, et il semble recevoir l'ïambe ou
l'anapeste, comme dans les vers suivants :

ἐπει|δὴ νῆάς τε καὶ Ἑλλήσποντον ἵκοντο [1].

ἐπει|δὴ τόνδ' ἄνδρα θεοὶ δαμασάσθαι ἔδωκαν [2].

αἴσιμα | παρειπών· ὁ δ' ἀπὸ ἕθεν ὤσατο χειρί [3].

Τρῶες δ' ἐῤῥίγησαν ὅπως ἴδον αἰόλον | ὄφιν [4].

Βορέης | καὶ Ζέφυρος, τώτε θρήκηθεν ἄητον [5].

Mais sans doute Homère prononçait ἐππειδή, παρ-
ρειπών, ὅπφιν [6], et Βοῤῥέης, dont l'ε se coulait dans la
mesure. On doit se souvenir d'ailleurs qu'à son époque,
les sons *e* et *o* n'étant représentés que par l'ε et l'ο, la
quantité de ces voyelles pouvait être en certains cas
douteuse ou libre, comme elle l'est encore souvent
pour l'α, l'ι et l'υ. C'est ainsi que dans ὀλοῇσι φρεσὶ
θύει, le second ο se prononçait ω : ὀλωῇσι. (*Il.* I, 342.)

1. *Quum ad naves et Hellespontum venerunt.* (*Il.* XXIII, 27.)
2. *Postquam hunc virum dii mihi domuisse dederunt.* (*Il.* XXXII,
379.)
3. *Decentia admonens. Ille autem a se depulit manu heroem.*
(*Il.* VI, 62.)
4. *Trojani vero cohorruerunt, ut viderunt varium serpentem.*
(*Il.* XII, 208.)
5. *Boreas et Zephyrus, qui a Thracia spirant.* (*Il.* IX, 5.)
6. Plusieurs anciens écrivaient ὄπφιν, au témoignage d'Eustathe :
ἄλλοι δὲ μετέγραψαν ὄπφιν, et c'est la leçon qu'adoptait Scaliger :
ὄφιν *legendum* ὄπφιν. Il était facile au poète de transposer deux mots :
Τρῶες δ' ἐῤῥίγησαν ὅπως ὄφιν αἰόλον εἶδον. Puisqu'il ne l'a pas fait,
c'est qu'ὄφιν lui présentait la quantité régulière. Car on ne peut pas
accuser Homère de s'être décidé à faire un vers faux, pour mieux
placer un mot. — Quant à ἐπειδή, peut-être faut-il prononcer ἠπειδή,
comme il est probable qu'Hésiode et Homère ont quelquefois pro-
noncé ἤπειτα pour ἔπειτα.

ORIGINE DU VERS HÉROIQUE.

20. L'on a dit que le vers héroïque était une admirable invention de la Grèce. Nous pensons que la Grèce l'a plutôt perfectionné que trouvé. Car longtemps avant Homère, nous voyons dans le célèbre Cantique du Deutéronome un grand nombre d'hexamètres profondément coupés en deux hémistiches ; et ces hémistiches sont formés de dactyles et de spondées, auxquels le génie de la langue hébraïque mêle des amphimacres et des bacchius. Nous ne citerons qu'un de ces vers, dont nous prenons la traduction dans la Vulgate : *Hæccine reddis Domino, popule stulte et insipiens?* En hébreu :

Hāl Jĕhōvāh thīgmĕloū zōth, hăm nābāl vĕlō chācăm.

Scandez :

$$— \cup — \mid — — \mid \cup — — \mid — — \mid — \cup — \mid — —$$

Ilāl Jĕhō | vāh thīg | mĕloū zōth, | hām nā | bāl vĕlō | chācăm.

Ce vers présente six pieds, partagés en deux hémistiches, et il se termine par la finale héroïque. On aura une idée de cette harmonie, si l'on traduit ainsi en latin :

An taǀles Deo | gratias, | gens maleǀsana, reǀpendis.

Tout le début du poème de Moïse est semblable, sauf quelques vers qui se terminent par le bacchius, qui est une finale ïambique.

Il est donc assez probable que le Phénicien Cadmus, en apportant l'alphabet aux Grecs, fît aussi connaître à ces peuples les premiers principes de la versification.

—

ARTICLE DEUXIÈME

21. Outre le vers héroïque, le rhythme dactylique comprend encore le pentamètre, le tétramètre, le trimètre et le dimètre.

Le pentamètre ou *élégiaque* se compose de deux hémistiches de chacun deux pieds et demi. Le premier hémistiche reçoit le spondée ; mais le second est toujours formé de deux dactyles et d'une longue :

$$ - \!\!\underset{-}{\smile\smile}\ |\ -\!\!\underset{-}{\smile\smile}\ |\ -\!\!\ast\ |\ -\smile\smile\ |\ -\smile\smile\ |\ -. $$

L'élégiaque ne s'emploie jamais seul ; mais on le joint à l'hexamètre pour former un distique. Exemple :

πολλοὶ μὲν πλουτοῦσι κακοί, ἀγαθοὶ δὲ πένονται·
ἀλλ' ἡμεῖς τούτοις οὐ διαμειψόμεθα
τῆς ἀρετῆς τὸν πλοῦτον· ἐπεὶ τὸ μὲν ἔμπεδον αἰεί,
χρήματα δ' ἀνθρώπων ἄλλοτε ἄλλος ἔχει[1].
(Theogn., 315.)

22. Le tétramètre dactylique ou *alcmanien*[2] est composé de deux premiers pieds dactyles ou spondées, suivis de la finale héroïque.

$$ - \!\!\underset{-}{\smile\smile}\ |\ -\!\!\underset{-}{\smile\smile}\ |\ -\smile\smile\ |\ --. $$

Exemple :

ἁδυμελὲς χαρίεσσα χελῑδοῖ. (*Anacr.*)

Souvent il alterne avec l'hexamètre, comme dans Horace (I *Od.*, vi) :

O fortes pejoraque passi
Mecum sæpe viri, nunc vino pellite curas :
Cras ingens iterabimus æquor.

23. Le vers *phérécratien* ou trimètre dactylique est composé d'un dactyle entre deux spondées[3].

$$ --\ |\ -\smile\smile\ |\ -- $$

---

1. *Multi quidem mali sunt divites, boni autem pauperes. At nos cum istis non virtutem divitiis commutabimus; quoniam illa quidem stabilis semper est; opes autem alius hominum alias habet.* (Théogn., 315.)

2. Alcman de Sardes, poète lyrique, vivait au VIIe siècle avant J.-C.

3. Phérécrate, poète comique du Ve siècle avant J.-C.

3.

Exemple :

> τοὶ μὲν | γὰρ ποτὶ | πύργους
> πανδη|μεὶ, πανο|μιλεὶ,
> στείχου|σιν· τί γέ|νωμαι [1] ;

Ce vers se trouve dans Horace (IV *Od.* xii) :

> Vis for | mosa vi | deri.

Les anciens scandaient ainsi :

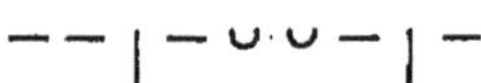

> τοὶ μὲν | γὰρ ποτὶ πύρ|γους.

> Vis for | mosa vide | ri.

Nous croyons que c'est la meilleure manière de mesurer ce vers. Ce serait alors un dimètre choriambique,
formé d'une base spondaïque, d'un choriambe et d'une
longue.

24. Le dimètre dactylique hypermètre. Il se compose de deux dactyles et d'une longue. C'est la penthémimère élégiaque :

$$-\,\cup\,\cup\ |\ -\,\cup\,\cup\ |\ -$$

Exemple :

> Pulvis et | umbra su | mus.

Horace fait alterner ce vers avec l'hexamètre :

> Diffugere nives, redeunt jam gramina campis,
> Arboribusque comæ. (IV *Od.* vii.)

Quelques-uns donnent à ce vers le nom de dactylique
archiloquien, pour le distinguer de deux autres archi-
loquiens que nous verrons plus loin [2].

Il y a enfin le dactylique dimètre ou vers adonique.

---

1. *Alii enim ad turres omnibus copiis, omnibus agminibus accedunt:
quid me fiet ?* (Æschyl., *Sept. ad Theb.*, 295.)

2. Archiloque, de Paros, poète satirique du viie siècle avant J.-C.
Archilocum proprio rabies armavit iambo, dit Horace.

Il se compose d'un dactyle et d'un spondée. Exemple :

οὐ μεταβάλλει.

Ocior Euro.

25. Il y a un hexamètre qu'on appelle éolien. Le premier pied est spondée, iambe, trochée ou pyrrhique ; c'est-à-dire que ce vers commence par le pied de deux syllabes sous toutes ses formes. En tout le reste, il est semblable au vers héroïque. Exemple :

κέλο|μαί τινα τὸν χαρίεντα Μένωνα χαλέσσαι.

(*Apud Heph.* [1])

On trouve aussi le tétramètre éolien acatalectique,

ἔρος | δ' αὐτέ μ' ὁ λυσιμελὴς δονεῖ,
γλυκύ|πικρον ἀμάχανον ὄρπετὸν.

(*Apud Heph.* [2])

CHAPITRE TROISIÈME

RHYTHME IAMBIQUE

LE TRIMÈTRE

26. Le vers ïambique trimètre, ou *senarius*, est composé de six pieds. On en distingue trois sortes : le pur, le tragique et le comique.

L'iambique pur n'est formé que d'ïambes. Exemple :

πάτερ | Λυκάμ|βᾰ, ποῖ|ον ἐ|φράσω | τόδε [3] ;

Suis | et i | psa Ro | ma vi | ribus | ruit. (*Hor.*)

27. L'ïambique tragique est le plus remarquable de

---

1. *Jubeo gratum Menonem vocet aliquis.*
2. *Amor autem, membra mea solvens agitat, dulcis ille et amarus indomitusque serpens.* (Sapho.)
3. *Pater Lycambe, quale hoc dixisti?* (Archil.)

tous les vers, après l'héroïque. Il est très noble, et en même temps si coulant et si facile qu'il semble né pour le dialogue, dit Horace :

> Alternis aptum sermonibus, et populares
> Vincentem strepitus, et natum rebus agendis.
>
> (*A. P.* 82.)

En voici les principales règles :

Le tribraque, qui a la même valeur que l'ïambe, peut le remplacer aux quatre premiers pieds. Il est fréquent au troisième ; mais on n'en met pas deux de suite. Exemple :

> κίνδυνος ἔσ|χε δορὶ | πεσεῖν ἑλληνικῷ ¹.

Pour donner plus de majesté au vers ïambique, on peut remplacer l'ïambe par le spondée aux pieds impairs. Exemple :

> ὃς τὴν | ἀρί|στην Χερ|σονη|σίαν | πλάκα
> σπείρει, | φιλιπ|πον λᾱ|ὸν εὐ|θῦνων | δορί².

28. On admet l'anapeste aux cinq premiers pieds, s'il est formé par un nom propre ; mais l'anapeste n'est reçu qu'au premier pied, s'il est formé par un autre mot. Exemple :

> τέκνον τυφλοῦ γέροντος, Ἀν|τιγόνη, | τίνας
> χώρους ἀφίγμεθ᾽, ἢ τίνων ἄνδρων πόλιν ³;

Le dactyle se voit quelquefois au premier pied, et plus souvent au troisième. Exemple :

> ἔτεκον μὲν ὑ|μᾶς, πολε|μίοις δ᾽ ἐθρεψάμην ⁴.

---

1. *Periculum tenuit (urbem), ut hasta Graïorum caderet.* (Eur. Hec. 5.)

2. *Qui eximiam Chersonesi regionem semine fœcundat, amatorem equorum populum hasta regens.* (Eur. Hec. 8.)

3. *Senis cæci filia, Antigone, quænam ad loca, quorumve hominum ad urbem pervenimus ?* (Soph. Œd. C. 1.)

4. *Peperi quidem vos, sed hostibus educavi.* (Eur. Herc. f. 458.)

29. Le trimètre tragique a toujours une césure. Les deux principales sont celle qui coupe en deux le troisième pied, et celle qui divise l'ïambe du quatrième. Exemple :

ἥκω νεκρῶν κευθμῶνα | καὶ σκότου πύλας
λιπὼν, ἵν' Ἅδης | χωρὶς ᾤκισται θεῶν. [1].

La césure qui suit le troisième pied, et qui partage le vers en deux hémistiches égaux, est moins fréquente. Elle convient aux sentences. Exemple :

ὅταν γὰρ εὐφρονῇς, | τόθ' ἡγήσει σὺ νῷν [2].

30. Si tous les pieds étaient détachés, le vers serait peu agréable. Exemple :

Quasi | claudus | sutor | domi | sedet | totos | dies.
(*Plaute, Aul.*)

C'est pourquoi il est nécessaire que le second mètre soit lié, par l'enjambement au premier ou au troisième. La liaison est suffisante lorsque la mesure sépare du second mètre un monosyllabe que le sens y rapporte, ou si elle y réunit un monosyllabe que la pensée n'y joint pas. Exemple :

ἥκω Διὸς | παῖς τήνδε Θη|βαίαν χθόνα
Διόνῡσος, ὃν | τίκτει πόθ' ἡ | Κάδμου κόρη [3].

Les monosyllabes παῖς, ὃν, ἡ, forment enjambement ou liaison, parce que la mesure les sépare des mots auxquels ils sont unis par le sens.

31. Le trimètre ou *senarius* comique suit les règles

1. *Adsum mortuorum latebras et tenebrarum portas linquens, ubi Pluto seorsum a diis habitat. (Hec. 1.)*
2. *Quando enim recte sapies, tu nobis tum præibis. (Soph. Electr. 1038.)*
3. *In hanc Thebanam terram ego veni filius Jovis, Bacchus, quem peperit olim Cadmi filia. (Eurip. Bacch.)*

de l'ïambique tragique ; mais il admet de nombreuses
licences. Nous avons vu le spondée au second pied dans
le vers de Plaute que nous avons cité :

Quasi claudus sutor domi sedet totos dies.

Il reçoit aussi l'anapeste et le dactyle aux cinq premiers pieds. Exemples :

μετέχειν ἀνάγκη τὸν θεράποντα τῶν κακῶν [1].
βουλόμεθα πλουτεῖν πάντες, ἀλλ' οὐ δυνάμεθα [2].

On trouve le procéleusmatique dans Phèdre :

Pavet ani | mus, artus horridus quassat tremor.

Horace fait alterner le trimètre iambique avec le vers
héroïque. Exemple.

Mella cava manant ex ilice : montibus altis
Levis crepante lympha desilit pede.

(Epod. XVI.)

—

AUTRES VERS IAMBIQUES.

32. Nous avons donné plus haut (n. 3) des exemples
du dimètre ïambique. Horace aime à le faire alterner
avec le trimètre. Exemple :

Beatus ille qui procul negotiis,
Ut prisca gens mortalium,
Paterna rura bobus exercet suis,
Solutus omni fœnore.

(Epod. II.)

Il fait aussi alterner le dimètre iambique avec le vers
héroïque. Exemple.

Nox erat et cœlo fulgebat luna sereno
Inter minora sidera.

(Ep. XV.)

1. *Evenire aliquid mali servo necesse est.* (Aristoph. *Plut.* 4.)
2. *Ditescere omnes volumus, at non possumus.* (Men.)

33. On voit dans Aristophane le tétramètre ïambique catalectique. La coupe est toujours mise après le second mètre. Exemple :

ὡς πρὶν διδά|ξαι γ᾽ ὤφελες* | μέσος διαρ|ραγῆναι [1] !

Ce vers porte aussi le nom d'octonaire catalectique.

34. On cite un tétramètre ïambique complet, comme étant d'Alcée :

δέξαι με κωμάζοντα, δέξαι, λίσσομαί σε, λίσσομαι [2].

Ni les tragiques grecs ni les comiques ne font usage de ce vers ; mais on le trouve dans Térence. Exemple :

Quam iniqui sunt patres, in omnes adolescentes, judices !
(*Heaut.* act. I, sc. iv.)

35. On trouve aussi le septenaire ïambique chez le même poète. Exemple :

Quot in | commodi | tates | in hac | re accipi | es, nisi | caves !
(*Heaut.*, act. V, sc. i.)

36. Mentionnons encore le trimètre scazon ou choliambique, c'est-à-dire boiteux (χωλὸς ou σκάζων, *claudus*) [3]. C'est un vers ïambique qui finit par un spondée ; mais le cinquième pied est un ïambe. Il convient parfaitement à l'apologue. Exemple :

ἄνθρωπος ἦλθεν εἰς ὄρος κυνηγήσων [4].
χρόνος δὲ φευγέτω σε μηδὲ εἰς ἀργός [5].

---

1. *Antequam doceres, utinam medius crepuisses !* (Ran. 955.)
2. *Accipe me comissantem, accipe, precor te, precor.*
3. *Claudum trimetrum fecit aliter Hipponax,*
   Ad hunc modum quo claudicant et hi versus.
   Hic non iambum redidit pedem sextum ;
   Pænultimam sed pro brevi trahit longam.
   (Ter. M. v. 2400.)
4. *Homo venit in montem ad venandum.* (Babrius.)
5. *Non tempus ullum te prætereat desidem.* (Hipponax, apud Stob. Serm., 117.)

37. Si le cinquième pied était aussi un spondée, le vers serait dur et moins élégant. Exemple :

ὁ μουσοποιὸς ἐνθάδ᾽ Ἱππώναξ κεῖται[1].

(Théocrite.)

CHAPITRE QUATRIÈME

RHYTHME TROCHAIQUE

38. Au lieu du vers iambique, les poètes comiques, et même les tragiques, emploient quelquefois, dans les endroits vifs du dialogue, le tétramètre trochaïque catalectique. Exemple :

ὦ τε|κοῦσα | μῆτερ, | ἀνδρῶν | ὄχλον | εἰσο|ρῶ πέ|λας [2].

Chaque dipodie doit commencer par un trochée ; mais le trochée peut être remplacé par le tribraque, excepté au dernier pied complet. Exemple :

δῐάχᾰ|λᾶτε | μοι μέ|λαθρα, | δμῶες, | ὡς κρύ|ψω δέ|μας[3].

Le second pied de chaque mètre peut être un spondée, quelquefois un anapeste. Exemple :

ὦ θύ|γᾰτερ, ἥ|κεις ἐπ᾽ | ὀλέθρῳ | καὶ σὺ | καὶ μή|τηρ σέ|θεν[4]

39. La césure, dans le tétramètre trochaïque, est habituellement après le second mètre. Exemple :

Παῖδα σὴν πατὴρ ὁ φῦσας, | αὐτόχειρ μέλλει κτανεῖν[5].

---

1. *Hic jacet carminum auctor Hipponax.* Hipponax, poète satirique du vi[e] siècle av. J.-C.

2. *O mater quæ me peperisti, video turbam virorum proximam.* (*Iphig. A.* 1338.)

3. *Aperite mihi fores ædium, famulæ, ut occultem corpus.* (*Iphig. A.* 1340.)

4. *O filia, venisti ad necem tuque et mater tua.* (Eurip. *Iphig. A.* 886).

5. *Filiam suam pater, qui genuit, ipse manu sua parat occidere.* (*Iphig. A.* 866).

40. Si l'on sépare la longue du premier trochée, en la considérant comme anacrouse (c'est-à-dire comme prélude), on obtient un vers ïambique. Exemple :

ὦ | τεκοῦ|σα μῆ|τερ, ἀν|ὀρῶν ὄχ|λον εἰσ'ορῶ | πέλας[1].

Les Latins ont imité ce vers :

Pallidi fau|ces Averni, | * vosque Tænare|i specus,
Impium rapi|te, atque mersum | * premite perpetu|is malis.
(Sen., *Ph.*, 1210.)

Chez Pindare, on voit le dimètre suivi du trimètre catalectique :

σὺν θεῷ γάρ τοι φῠτευθεὶς
ὄλϐος ἀνθρώποισι παρμονώτερον[2].

41. Dans ses Odes, Horace fait alterner le dimètre trochaïque catalectique avec le trimètre ïambique catalectique. Exemple :

Non ĕbūr nĕ | que aūrĕum
Mĕā rĕnī|dĕt in domō | lăcŭnār.
(Hor., III *Od.*, xv.)

Le premier de ces deux vers devient un ïambique, si l'on suppose que la première syllabe est anacrouse. On scanderait ainsi :

Nōn | ĕbūr | nĕque aū | rĕum.

CHAPITRE CINQUIÈME

RHYTHME ANAPESTIQUE

42. Les poètes comiques emploient, dans le dialogue, le tétramètre anapestique catalectique, c'est-à-

---

1. C'est ainsi qu'on scande, en chantant, cette hymme de l'Église, dont les vers, de trochaïques, deviennent des septénaires ïambiques :

Sponsa Christi quæ per orbem militas, Ecclesia.

2. *Cum Deo partæ magis durant opes mortalibus.*

dire le vers anapestique de sept pieds et demi.
Exemple :

Ὀρφεὺς μὲν γὰρ | τελετάς θ’ ἡμῖν | κατέδειξε, φόνων | τ’ ἀπέχεσθαι[1].

Ce vers admet le spondée et quelquefois le dactyle.
Mais le dernier pied complet est toujours l’anapeste.
La césure est après le second mètre. Exemple :

ἀλλ’ ὦ πρῶτος | τῶν Ἑλλήνων * | πυργώσας ῥή|ματα σεμνά[2].

43. Séparez, comme anacrouse, la moitié du premier anapeste, et vous avez un vers dactylique de
sept pieds. Exemple :

λέ|ξω τοίνυν τὴν ἀρχαίαν παιδείαν, ὡς διέκειτο,
ὅτ’ ἐ|γὼ τὰ δίκαια λέγων ἤνθουν, καὶ σωφροσύνη νενόμιστο[3].

44. L’anapestique dimètre catalectique est un vers
plein de grâce. Exemple :

σὲ μὲν εὖ | πράσσοντ’ | ἐπιχαί|ρω[4].
ἡμῖν | δ’ Ἰθακὴ | πατρίς ἐ|στι
πλέομεν | δ’ ἅμ’ Ὀδυσ|σεϊ θεί|ῳ[5].

On nomme ce vers parœmiaque, parce que certains
poètes l’ont employé pour écrire des proverbes ou sentences (en grec, παροιμίαι).

Comme le vers héroïque admet quelquefois le spondée au cinquième pied, de même le spondée apparaît

1. *Orpheus enim initiationes docuit nos, et a cædibus abstinere.*
(Aristoph. *Ran.*, 1032.)
2. *Sed, o qui primus Græcorum alte struxisti magnifica verba.*
(Aristoph. *Ran.* 1004.)
3. *Dicam igitur veterem disciplinam, ut erat comparata, quum
ego justa dicendo florerem, et moribus esset recepta modestia.*
(Aristoph. *Nub.* 961.)
4. *Gaudeo quod res tibi prospere cedant.*
5. *Nobis est Ithaca patria, navigamus autem cum Ulysse divino.*
(Cratinus.)

aussi quelquefois au troisième pied du parœmiaque.

$$\varphi\varepsilon\acute{\upsilon}\gamma o\mu\varepsilon\nu, \ o\H{\upsilon}\tau\iota\nu\iota$$
$$\psi\acute{\eta}\varphi\omega \mid \pi\acute{o}\lambda\varepsilon\omega\varsigma \mid \gamma\nu\omega\sigma\theta\varepsilon\tilde{\iota}\mid\sigma\alpha\iota\,[1].$$

CHAPITRE SIXIÈME

VERS LYRIQUES

45. On donne ce nom aux vers qui ne sont guère employés que dans les odes, les hymnes, les chœurs. Nous en avons déjà nommé quelques-uns. Plusieurs de ces espèces de vers nous sont peu connues par les poètes grecs, dont beaucoup d'ouvrages ont péri ; mais les imitations qu'en ont faites les Latins nous en donnent une idée.

46. Le vers alcaïque [2] se compose d'une dipodie ïambique, suivie d'une syllabe longue ; cela fait le premier hémistiche. Puis viennent deux dactyles.

$$\bar{\cup} - \cup - \mid - \mid - \cup \cup \mid - \cup$$

Exemple :

$$\text{Ἄναξ} \mid \text{Ἄπολ}\mid\lambda o\nu, \mid \pi\alpha\tilde{\iota} \ \mu\varepsilon\gamma\acute{\alpha}\lambda\omega \ \Delta\iota\acute{o}\varsigma\,[2].$$

Chez les Latins, le premier pied est régulièrement un spondée :

Qūalēm | mĭnīs | trūm | fūlmĭnĭs | ālĭtĕm
(Horace.)

RHYTHME CHORIAMBIQUE

47. Le pentamètre choriambique se compose d'une

---

1. *In exsilium fugimus, non populi suffragio damnatæ.* — Terentianus Maurus loue le vers parœmiaque, en en donnant l'exemple :

Anapæstica dulcia metra.

2. *Rex Apollo, fili magni Jovis* (Alcée). — Alcée, de Mitylène, poète lyrique, mourut vers l'an 640 avant J.-C.

base trochaïque ou spondaïque, de trois choriambes et d'un ïambe. Exemple :

μηδὲν | ἄλλο φυτεύ|σῃς πρότερον | δένδρεον ἀμ|πέλω.
(Alcée.)

Nullam, | Vare, sacra | vite prius | severis ar | borem.
(Horace.)

48. Voici un choriambique tétramètre, formé d'une dipodie trochaïque, de deux choriambes et d'un bacchius.

δεῦτε νῦν ἁ|6ραὶ χάριτες | καλλίκομοί|τε μοῖσαι[1].

On trouve dans Horace un dimètre choriambique, alternant avec un tétramètre choriambique. Le dimètre est composé d'un choriambe et d'un bacchius. Le tétramètre est ainsi formé : un épitrite second (équivalent à une dipodie trochaïque), deux choriambes et un bacchius.

$$- \cup \cup - \; | \; \cup - - \; ,$$
$$- \cup - - \; | \; - \cup \cup - \; | \; - \cup \cup - \; | \; \cup - -$$

Exemple :

Lȳdĭă, dīc, | pĕr ōmnēs
Tē dĕōs ō | rō, Sȳbărīn | cūr prŏpĕrēs | ămāndō
Perdere ?   (Hor., I *Od.* vii.)

49. Le vers asclépiade est un trimètre choriambique. Il se compose d'une base spondaïque, de deux choriambes, et d'un pyrrhique.

$$- - \; | \; - \cup \cup - \; | \; - \cup \cup - \; | \; \cup \cup$$

Mæce | nas, atavis | edite re | gibus
(Hor.)

Le dernier pied complète ainsi le premier, puisque

---

1. *Adeste nunc teneræ Gratiæ Musæque pulchras habentes comas.* (Sapho).

les deux brèves du pyrrhique avec les deux longues du
spondée équivalent au choriambe.

La césure est toujours après le premier choriambe.

On le scande souvent ainsi : un spondée, un dactyle,
et une longue suivie d'un repos, puis viennent deux
dactyles :

Mœce | nas, ata|vis | edite | regibus [1].

C'est sur ce beau vers, composé de douze syllabes
partagées en deux hémistiches égaux, qu'a été formé
notre alexandrin.

50. Un autre vers choriambique trimètre est formé
d'une base spondaïque, suivie de deux choriambes et
d'une longue.

$$— — \mid — \cup \cup — \mid — \cup \cup — \mid —$$

On trouve ce vers dans Sophocle :

οὐδ' οἰ|κτρᾶς γόον ὄρ|νιθος ἀη|δοῦς
ᾖσει | δύσμορος.

Les Latins ont fait des vers brillants sur ce rhythme :

Quid ve|ris placidas | temperat ho|ras
Ut ter|ram roseis | floribus or|net?
(Boetius, Cons. Phil.)

O vos, | ætherei | plaudite, ci | vos.
(Santol.)

Il en est qui scandent :

O vos | æthere|i | plaudite | cives.

Mais la première manière est aussi harmonieuse.

51. Le vers de Sophocle que nous venons de citer
(οὐδ' οἰκτρᾶς) est suivi, chez le poète, d'un tétramètre

---

1. Il y en avait aussi qui mesuraient ce vers avec deux antispastes
et une dipodie iambique :

Mæcēnās ŭ | tăvīs ēdY | tŭ rēgĭbūs.

Mais les modernes goûtent peu cette mesure.

choriambique catalectique ; puis viennent deux dimètres du même rhythme, et la strophe se termine par un trimètre. En mesurant ces vers, il faut se souvenir que la dipodie ïambique est équivalente au choriambe. Voici le morceau :

$$— —\,|— \cup \cup —\,|— \cup \cup —\,|—$$
$$— —\,|— \cup \cup —\,|— \cup \cup —\,|\cup — —$$
$$— —\,|— \cup \cup —\,|—$$
$$— —\,|— \cup \cup —\,|—$$
$$— —\,|— \cup \cup —\,|\cup — \cup —\,|—$$

Οὐδ' οἰκ|τρᾶς γόον ὄρ|νιθος ἀη|δοῦς
ᾔσει | δύσμορος, ἀλλ' | ὀξυτόνους | μὲν ᾠδὰς
θρηνή|σει, χερόπλη|κτοι δ'
ἐν στέρ|νοισι πεσοῦν|ται
δοῦποι | καὶ πολιᾶς | ἄμυγμα χαί|τας[1].

Le vers pindarique hendecasyllabe se forme d'un choriambe entre un antispaste et un bacchius. Exemple :

ὁ μουσᾱγέ|τας με καλεῖ | χορεῦσαι[2].

—

VERS IONIQUE MAJEUR

52. Le trimètre ionique majeur se compose de deux ioniques majeurs et d'une dipodie trochaïque, qui a la même valeur.

$$— — \cup \cup\,|— — \cup \cup\,|— \cup — \cup$$

Exemple :

Κρῆσσαι νύ ποθ' | ὥδ' ἐμμελέ|ως πόδεσσιν
ὠρχεῦνθ' ἁπα|λοῖς ἀμφ' ἐρο|έντα βωμόν[3].

1. *Nec flebilis avis lusciniæ gemitum occinet infelix (mater), sed clamosos ejulabit cantus, et tunsa manibus pectora sonabunt, canæque lacerabuntur comæ.* (Ajax, 628.)
.2. *Musarum princeps me vocat ad saltandum.* (Apud. Hephæst.)
3. *Ita quondam puellæ Cretenses teneris pedibus in numerum salbant circum amabilem aram.* (Apud Hephæst.)

53. On appelle vers sotadique un ionique majeur tétramètre, qui admet la dipodie trochaïque et se termine par le spondée, comme dans les exemples suivants :

$$—\,—\,\cup\,\cup\,|\ \ \cup\,—\,\cup\,|\,—\,—\,\cup\,\cup\,|\,—\,—$$
$$—\,—\,\cup\,\cup\,|\,—\,—\,\cup\,\cup\,|\,—\,—\,\cup\,\cup\,|\,—\,—$$
$$—\,\cup\,—\,\cup\,|\,—\,—\,\cup\,\cup\,|\,—\,—\,\cup\,\cup\,|\,—\,—$$

εἰ καὶ βασι|λεὺς πέφῡκας, | ὡς θνητὸς ἄ|κουσον.

ἂν χρυσοφο|ρῇς, τοῦτο τύ|χης ἐστὶν ἔπ|αρμα.

ἂν δὲ σωφρο|νῇς, τοῦτο θε|ῶν δῶρον ὑπ|άρχει [1].

—

VERS IONIQUE MINEUR

54. Voici un ionique mineur, qui est un tétramètre catalectique.

ὀλέσαι κἀ|ποτεμεῖν ὀ'ξέἵ χαλκῷ | κεφαλάν [2].

On cite les deux suivants, qui se composent ainsi : Un ionique mineur, un péon troisième, une dipodie trochaïque et un spondée.

$$\cup\,\cup\,—\,—\,|\ \cup\,\cup\,—\,\cup\,|\,—\,\cup\,—\,\cup\,|\,—\,—,$$

μεγάλῳ δ' ηῦ|τε μ' Ἔρως ἔ|κοψεν, ὥστε | χαλκεύς.

πελέκει, χει|μερίη δ' ἔ|λουσεν ἐν χα|ράδρῃ [3].

(Apud Hephæst.)

55. On trouve dans Horace des vers entièrement composés de pieds ioniques. D'abord un tétramètre :

Sĭmŭl ūnctōs | Tĭbĕrīnĭs | hŭmĕrōs lā | vĭt ĭn ūndīs.

---

1. *Etiamsi rex fueris, ut mortalis audi. Si gestas aurum, hoc est fortunæ gloria. Si autem sapiens es, deorum hoc donum est.* (Apud Stob.) Sotades, poète licencieux du IIe siècle avant J.-C.

2. *Perdere et amputare caput ære acuto.*

3. *Quando magna me securi percussit Amor atque in hiemali torrente lavit.*

Ensuite un trimètre :

Equĕs īpsō | mĕllĭŏr Bēl | lĕrŏphōntē.
(Hor., III Od., xiii.)

On nomme trimètre épionique mineur un vers formé d'une dipodie ïambique, suivie de deux pieds ioniques mineurs, dont le premier peut être remplacé par le pæon troisième. Ce vers se trouvait dans les poésies d'Alcman. En voici un exemple :

Ἰνὼ σαλασ|σομέδοισαν | ἀπὸ μασδῶν [1].

—

VERS LOGACEDIQUES [2]

56. Les Grecs nommaient logaœdiques (λογαοιδικὰ) des vers se composant de dactyles suivis de trochées [2]. Citons d'abord le vers dactylo-choraïque qui termine la strophe alcaïque. Il se compose de deux dactyles et de deux trochées. Exemple :

Καί τις ἐπ' | ἐσχατι|αῖσιν | οἰκεῖς.
(Apud Hephæst.)

Vertere funeribus triumphos. (Hor., I Od., xxix.)

57. En voici deux autres de Sophocle. Dans le premier, les deux dactyles sont suivis de trois trochées ; le second finit par deux trochées et demi :

ὦ πόλις, | ὦ γενε|ὰ τά|λαινα, | νῦν σε
μοῖρα κα|θᾱμερί|ᾱ φθί|νει φθί|νει [3].

---

1. *Ino quæ imperabat mari jam ab uberibus.* Les doriens disent σάλασσα pour θάλασσα, et μασδὸς pour μαζός.

2. On nomme ces vers logaœdiques, parce qu'ils paraissent tenir de la prose (λόγος) et du vers (ἀοιδή). Le dactyle harmonieux les fait ressembler au rhythme héroïque, et les trochées sur lesquels ils tombent leur donnent l'air doux et modeste d'une finale de période oratoire, comme dans cette phrase de Démosthène : τὸ ὁμοίως ἀμφοῖν ἀκροᾶσθαι.

3. *O civitas, o genus miserum, hodierna luce fatum perire, perire te cogit.* (Soph. *Electr.* 1413.) L'ι est bref dans φθίνω.

En voici la mesure :

$$\text{—}\,\cup\,\cup\,|\,\text{—}\,\cup\,\cup\,|\,\text{—}\,\cup\,|\,\text{—}\,\cup\,|\,\text{—}\,\cup$$
$$\text{—}\,\cup\,\cup\,|\,\text{—}\,\cup\cup\,|\,\text{—}\,\cup\,|\,\text{—}\,\cup\,|\,\text{—}$$

—

VERS SAPHIQUE

58. L'hendécasyllabe saphique est formé de deux dipodies trochaïques, séparées par un dactyle.

Exemples :

> ποικι|λόθρον', | ἀθάνατ' | 'Αφροδίτα [1].
> καὶ γὰρ | αἰ φεύ|γει, ταχέ|ως δι|ώξει.
> αἰ δὲ | δῶρα | μὴ δέκετ', | ἀλλὰ | δώσει [2].

Dans Horace, le second pied du vers saphique est toujours un spondée, et le vers est ordinairement coupé après l'arsis du dactyle. Exemple :

> Scandit | æra|tas viti|osa | naves
> Cura, | nec tur|mas equi | tum re|linquit,
> Oci|or cer|vis, et a|gente | nimbos
> Ocior | Euro.
>
> (Hor., II *Od.*, xiii.)

Le vers adonique ferme, comme on le voit, la trophe composée de trois vers saphiques.

—

VERS PHALEUCE

59. Le vers phaleuce est ainsi composé : un spondée ou un trochée, un dactyle et trois trochées.

$$\text{—}\,\cup\,|\,\text{—}\,\cup\,\cup\,|\,\text{—}\,\cup\,|\,\text{—}\,\cup\,|\,\text{—}\,\cup$$

---

1. *Quæ solio varie ornato sedes, immortalis Venus.* (Sapho.)
2. *Nam si fugit, cito sequetur ; si vero dona non accipit, at ipse dabit.* (Sapho.)

Exemple :

ἀνδρός | τοι τὸ μὲν | ἓν δί|καιον | εἰπεῖν[1].
Πὰν, πε|λάσγικον | Ἄργος | ἐμβα|τεύων[2].

Nūnquām | divĭtĭ|ās dĕ|ōs rŏ|gāvĭ.
(Martial.)
Jam ver | egeli|dos re|fert te|pores.
(Catulle.)

Il en est qui scandent le vers phaleuce avec le choriambe :

Nūnquām | dīvĭtĭās | dĕōs | rŏgā | vī.

VERS ARCHILOCHIEN

60. Le grand archilochien a sept pieds. Les quatre premiers sont dactyles ou spondées; les trois derniers sont trochées. La césure est toujours après le quatrième pied.

$$-\cup\cup\ |\ -\cup\cup\ |\ -\cup\cup\ |\ -\cup\cup\ |\ -\cup\ |\ -\cup\ |\ -\cup$$

Exemple :

οὐκ ἔθ᾽ ὁ|μῶς θάλ|λεις ἀπα|λὸν χρόα·|κάρφε|ται γὰρ|ἤδη [3].

Solvitur | acris hy|ems gra|ta vice | veris | et Fa|voni.
(Hor., I *Od.*, ɪv.)

61. Le petit archilochien est formé d'une dipodie ïambique, plus une longue, après laquelle vient la césure ; puis on place trois trochées.

$$\cup-\ |\ \cup-\ |\ -\star\ |\ -\cup\ |\ -\cup\ |\ -\cup$$

Exemple :

Trăhŭnt | quĕ sīc | cās* | māchĭ|næ că|rīnăs.

---

1. *Viri est unum aliquid dicere.* (Soph. *Philoct.* 1140.)
2. *O Pan, qui Pelasgicum Argos incolis.* (Apud Hephæst.)
3. *Non adhuc tenero colore similiter flores ; jam enim marcescit.*

On forme une belle strophe avec le grand archilochien suivi du petit. Exemple :

Pāllĭdā mŏrs æquō pūlsāt pĕdĕ | paūpĕrūm tăbērnăs
Rēgūmquĕ tūrrēs, | ō bĕātĕ Sēxtĭ.
(Horace, *ibid.*)

Ces trois trochées, *o beate Sexti*, formaient un vers que les Grecs appelaient ithyphallique. Il était usité dans les chants' en l'honneur de Bacchus. L'origine de ce vers est le nom même du dieu, répété trois fois : Βάχχε, Βάχχε, Βάχχε.

VERS ASYNARTÈTES

62. Les Grecs appelaient asynartètes (ἀσυναρτητοὺς, incohérents) des vers composés de deux séries dont les pieds étaient différents, comme lorsque l'une est formée de dactyles et l'autre d'anapestes ou d'ïambes. Tel est ce vers :

ὀρσόλοπος μὲν Ἄρης | φιλέει μεναίχμαν [1].

L'on nomme ce vers encomiologique (ἐγκωμιολογικόν).

Mais il n'est pas nécessaire que, dans un vers asynartète, les pieds des deux séries soient opposés. Un hémistiche d'anapestes et un hémistiche d'ïambes peuvent former un vers asynartète. Exemple :

— — | ∪ ∪ — | ∪ ∪ — ∗ ∪ — | — | ∪ — | —

Τῆς ἡμετέρας σοφίας | χριτὴς ἄριστε πάντων [2].

En outre, les deux séries du vers asynartète sont unies seulement par un lien libre : en sorte que le poète a la faculté de les considérer comme formant

---

1. *Bellicosus Mars diligit pugnacem.* (Anacréon.)
2. *Nostræ sapientiæ judex omnium optime.* (Gratinus.)

deux vers ou un seul vers. On cite cet exemple d'Archiloque :

’Ερασμονίδη Χαρίλᾱε, | χρῆμά τοι γελοῖον.

On scande ainsi :

$$\smile - \,|\, \smile\smile - \,|\, \smile\smile - \,|\, \bar{\smile}, \,{}^* \,|\, - \smile \,|\, - \smile \,|\, - \smile$$

Le poète considère l'ε de Χαρίλᾱε comme long, parce
que cet ε termine la première série, dont la syllabe
finale serait à volonté brève ou longue, si elle formait
un vers isolé.

C'est dans la liberté de l'union des deux hémistiches que consiste principalement la nature du vers
asynartète.

63. Des exemples tirés d'Horace feront encore
mieux comprendre la nature de ce vers. Dans l'é-
pode XIe, il écrit d'abord :

Scribere versiculos, | amore perculsum gravi.

C'est un dimètre dactylique hypermètre, complété
par un dimètre ïambique. Le premier hémistiche finit
régulièrement par une syllabe longue de sa nature :
versicu | *los*. Mais plus loin, dans la même épode,
Horace écrit :

Libera consilia, | nec contŭmēliæ graves.

Ici, la dernière syllabe du premier hémistiche, brève
de sa nature (*consili* | *a*), est comptée pour longue,
comme si elle finissait un vers.

64. On peut faire la même observation sur les deux
vers suivants, pris dans l'épode XIII. Ce sont deux ïamb-
bélégiaques (ἰαμβέλεγος) formés d'un dimètre ïambique
et d'une penthémimère dactylique.

Tu vina Torquato move | consule pressa meo.
Levare diris pectora | sollicitudinibus.

Dans le premier vers, *move* est un ïambe régulier ; mais dans le second, l'*a* de *pectora* est allongé comme si c'était une finale de vers.

Nous citerons encore deux vers opposés. L'un (l'encomiologique) est formé d'une penthémimère dactylique, et d'une penthémimère ïambique :

Ἴστρου ἀπὸ σκιαρᾶν | παγᾶν ἔνεικεν [1].

L'autre (un ïambélégiaque) est aussi composé de deux penthémimères, mais la première est ïambique, et la seconde dactylique :

Κείνων λυθέντων | σαῖς ὑπὸ χερσὶν, ἄναξ [2].

Un autre vers asynartète se compose d'un dimètre ïambique, suivi d'un dimètre choraïque catalectique. Exemple :

Δήμητρος ἀγνῆς καὶ Κόρης | τὴν πανήγυριν σέβων [3].

En voici un second plus court d'une syllabe :

ἕως ἡνίχ' ἱππότας | ἐξέλαμψεν ἀστήρ [4].

Remarque. Le vers saturnien, qui fut très en vogue chez les vieux poètes latins, est un vers asynartète qui ressemble beaucoup au petit archilochien :

Trahuntque siccas | māchĭnæ carinas.

En voici un exemple :

Dăbunt mălum Mĕtelli | Nævĭo poetæ.

Le vers saturnien ne se rencontre pas chez les Grecs.

---

1. *Istri ab opacis fontibus attulit (Alcides viridis ornamentum olivæ)* (Pind., *Ol.* III, 25.)
2. *Istis solutis sub tuis manibus, o rex.* (Apud Hephaest.)
3. *Castæ Cereris et Virginis festum venerans.* (Archiloque.)
4. *Orientis eques quum fulsit aster.* (Euripide.)

VERS BACCHIAQUE

65. Les vers composés du bacchius sont assez rares.
En voici un de quatre pieds. Il se scande ainsi :

$$\cup - - \mid \cup - - \mid \cup - - \mid \cup - -$$

Τίς ἀχὼ, | τίς ὀδμὰ | προσέπτα | μ' ἀφεγγής[1];

VERS DOCHMIEN

66. On appelle dochmius un pied de cinq syllabes,
dont voici la valeur et la disposition primitive :

$$\cup - - \cup -$$

Exemple : *ămīcōs tĕnēs*.

Or, ces cinq syllabes pouvaient se partager, selon
Quintilien[2], 1° en un bacchius et un ïambe : *amicos* |
tenes ; 2° en un ïambe et un crétique : *ami*|*cos tenes*.

On cite en grec comme modèle, les deux vers suivants :

κλύειν μαίεται
τὸν ἐγχώριον.

Ce sont deux vers dochmiens monomètres.

VERS ANTISPASTIQUE

67. Mais il y a une troisième manière de scander les
mêmes vers, et c'est peut-être la meilleure. On divise
ainsi : *ămīcūs tĕ*|*nēs ;* ce qui forme un vers antispas-
tique monomètre hypermètre ; c'est-à-dire un vers
composé d'un antispaste, plus une syllabe ($\cup - - \cup \mid -$).

---

1. *Quis strepitus, quis odor cæcus me advolavit ?* (Æsch. *Prom.*
115.)
2. Quint. IX, ιν, 97.

Les deux petits vers grecs que nous venons de citer se partagent de même :

κλύειν μαίε|ται
τὸν ἐγχώρι|ον [1].

On sait que l'antispaste est composé d'un ïambe et d'un trochée (◡ ‒ ‒ ◡). Mais le spondée peut remplacer l'ïambe (‒ ‒ ‒ ◡), comme dans le tétramètre suivant, qui est catalectique, c'est-à-dire terminé par un bacchius :

‒ ‒ ‒ ◡ | ◡ ‒ ‒ ◡ | ◡ ‒ ‒ ◡ | ◡ ‒ ‒

καττύπτεσθε, | κόραι, καὶ κατ|ερείχεσθε | χιτῶνας [2].

On y entremêle volontiers la dipodie ïambique, qui a la même valeur que l'antispaste et donne au vers de la grâce, comme dans ce tétramètre de Sapho :

Γλῠκεῖᾰ μᾶ|τερ οὔ τοι δύ|ναμαι κρέκειν | τὸν ἱστόν [3].

Lorsque le second pied du tétramètre est une dipodie iambique, ce vers se nomme priapéen. Exemple :

ἠρίστησᾰ | μὲν ἰτρίου | λεπτοῦ μικρὸν | ἀποκλάς [4],

Mais le vers priapéen se scande très bien comme un dimètre choriambique, suivi d'un phérécratien :

ἠρίσ|τησα μὲν ἰ|τρίου * | λεπτοῦ | μικρὸν ἀ|ποκλάς.

Helles|pontia cæ|teris | * ostre|osior | oris.

(Catulle.)

VERS GLYCONIQUE

68. Le dimètre antispastique s'appelle glyconique, du nom de son auteur. Il se compose d'un antispaste

---

1. *Audire cupit indigenam.* (Apud Heph.)
2. *Plangite, puellæ, et scindite tunicas.* (Apud Heph.)
3. *Dulcis mater, non possum pulsare pectine telam.*
4. *Prandi placentæ levis paulum frangens.* (Apud Heph.)

et d'une dipodie ïambique. Mais l'ïambe de l'antispaste peut devenir spondée. Exemple :

πόντου θῖνὸς | ἐφήμενος [1].

Le même ïambe peut aussi devenir trochée ou même pyrrhique. Exemple :

κάπρος ἡνίχ' | ὁ μαινόλης
ὀδόντι σκῠ|λακοχτόνῳ·
Κυπρίδος θά|λος ὤλεσεν [2].

Horace termine la strophe asclépiade par le vers glyconique. Mais chez lui le premier pied est toujours un spondée. Exemple :

Tutus bos etenim rura perambulat ;
Nutrit rura Ceres almaque Faustitas ;
Pacatum volitant per mare navitæ ;
Culpari metuit fides.

(III *Od.* v.)

Ce vers glyconique peut se scander de trois manières ; d'abord comme dimètre antispastique :

Culpari me | tuit | fides.

Secondement, comme dimètre choriambique :

Culpa | ri metuit | fides.

Et enfin comme trimètre dactylique :

Culpa | ri metu | it fides.

C'est cette dernière mesure qui est préférée par les modernes. Les vers grecs se scandent aussi de la triple manière :

πόντου θινὸς | ἐφή|μενος.
πόντου | θινὸς ἐφή|μενος.
πόντου | θινὸς ἐφ|ήμενος.

1. *Maris in littore sedens.* (Soph. *Phil.* 1124.)
2. *Quando furens aper dente canes occidente Cypridis germen (Adonidem) perdidit.* (Apud Hephæst.)

69. En réunissant le glyconique et le phérécratien, on obtient un hexamètre héroïque plein de grâce.

$$- - \mid - \cup \cup \mid - \cup \cup \mid - - \mid - \cup \cup \mid - - .$$

Exemple :

Κουρῆτές τ'ἐμάχοντο καὶ | Αἰτωλοὶ μενεχάρμαι [1].
(Hom.)

Cui non dictus Hylas puer, | et Latonia Delos?
(Virg., Georg. III, 6.)

Le vers antispastique, fréquent dans les chœurs, où il change souvent les longues en brèves, présente un trop grand nombre de variations pour que nous les exposions toutes en détail [2].

CHAPITRE SEPTIÈME

SYSTÈMES

70. Les systèmes sont fréquents dans les chœurs des poètes dramatiques. On entend par système une suite de vers connexes, qui se mesurent du premier au dernier, sans discontinuité. La finale de chaque vers conserve alors sa quantité propre. Ainsi χορὸς, à la fin d'un vers, ne formera pas un iambe, à moins que le vers suivant ne commence par une consonne. Mais aussi les vers connexes peuvent enjamber les uns sur les autres par des moitiés de mots. Exemple :

ὀππάτεσσιν δ' οὐδὲν ὄρημι, βόμβευ-
σιν δ' ἀκοαί μοι.

---

1. *Curetes pugnabant, Ætolique bello fortes.* (*Il.* IX, 529.)
2. **Voyez** Seidler (1811) ; God. Hermann, Elem. doctr. metr. ; Hephæst. C. X, avec la note X (Gaisford, Leipsig).

Il en est de même quelquefois dans Horace :

> Lābĭtūr rīpā, Jŏvĕ nōn prŏbānte, ū-
> xōrĭŭs āmnīs.   (Hor., I *Od. II.*)

71. Les systèmes sont souvent composés de l'anapestique dimètre, et fermés par l'anapestique dimètre
câtalectique, qu'on appelle aussi parœmiaque.

> λάϐετε, φέ|ρετε, πέμ|πετ', ἀεί|ρετέ μου
> γεραΐας | χειρὸς | προςλα|ζύμεναι·
> κἀγὼ | σχολιῷ | σκίπω|νι χερὸς
> διερει|δομένᾱ | σπεύσω | βραδύπουν
> ἤλυσιν | ἄρθρων | προτιθεῖ|σα [1].

72. On trouve dans Eschyle un système de vers
crétiques, qui admettent la dipodie iambique.

> — ◡ — | — ◡ —
> — ◡ — | ◡ — ◡ —
> — ◡ — | — ◡ — | — ◡ —
> — — | — ◡ — | —
> — — | ◡

> Πολλὰ μὲν | γᾰ τρέφει
> δεινὰ δει|μάτων ἄχη·
> πόντιαί|τ' ἀγκάλαι | κνωδάλων
> ἀνταί|ων βροτοῖ|σιν
> πλάθουσι [2].

73. Les Grecs ont encore un grand nombre d'autres
vers dont ils font usage dans la poésie chorique et
lyrique ; mais comme les plus habiles sont partagés sur
la manière de les mesurer, nous dirons que ce genre
de poésie est soumis à des règles métriques peu sévères.

---

1. *Prehendite me, gestate, deducite, attollite, meam senilem ma-
num apprehendentes : et ego curvo baculo manus innixa, accele-
rabo, tardigradum articulorum gressum promovens.* (Eur. *Hec.* 62.)
2. *Terra quidem multos alii ingentes terriculorum angores,
et marium sinus belluis scatent quæ sunt infestæ mortalibus.*
(Choeph. 585.)

Ainsi l'on y remplace souvent deux brèves par une longue, ou une longue par deux brèves, comme dans le premier vers du système que nous venons de citer :

Λάϐετε, φέ|ρετε, πέμ.|πετ', ἀεί|ρετέ μου.

L'on voit que, dans ce dimètre anapestique, le premier anapeste est remplacé par le procéleusmatique, pied qui présente les mêmes temps, puisque deux brèves sont équivalentes à une longue.

L'on peut ainsi obtenir des vers iambiques avec un seul iambe, et des vers anapestiques avec un seul anapeste. On peut même voir dans Eschyle un vers iambique dimètre hypermètre, sans aucun iambe :

ἀπόλε|μος ὅδε | γ' ὁ πόλε|μος, ἄπο|ρα
πόριμος· | οὐδ' ἔ|χω τίς | ἂν γε|νοίμαν [1].

C'est de cette poésie qu'Horace a dit : *Numeris fertur lege solutis.* (IV *Od.* i.)

Ceci nous amène à parler des licences poétiques.

CHAPITRE HUITIÈME

LICENCES

74. Les licences nombreuses que se permettent les grecs, et après eux les latins, semblent à quelques-uns des violations arbitraires de la mesure. Mais les irrégularités apparentes qu'on remarque dans leurs poèmes reposent, en général, sur des principes connus ; et l'on doit se persuader qu'il n'y a point de vers manqués

---

1. *Non expugnabile hoc bellum est, viam dans inviis, nec habeo quid me fiat.* (Prom. 904.) On reconnaît dans le premier vers un iambique, parce que la seconde syllabe de chaque pied est accentuée. Le second vers est un trochaïque de cinq pieds.

dans Virgile ni dans Homère. Souvent l'harmonie et le bon goût les engageaient à user de ces licences, lorsqu'il était facile de les éviter. Par exemple, au X⁰ livre de l'*Énéide*, rien n'était plus aisé que décrire ainsi le vers 720 :

Graius homo, infectos profugus linquens hymenæos.

Mais Virgile, avec une exquise délicatesse, a trouvé plus élégant de changer l'ordre et d'écrire :

Graïus homo, infectos linquens profugus hymenæos.

Souvent un même vers grec ou latin peut être fait de cinq ou six manières différentes : Virgile et Homère choisissent toujours la meilleure. Les règles que nous allons donner expliqueront les prétendues fautes de quantité ou de métrique qu'on leur reproche [1].

75. Nous avons dit (Quantité, 6) qu'une voyelle longue ou une diphthongue finissant un mot, et suivie d'un mot qui commence par une voyelle, reste longue à l'arsis, et devient brève à la thésis, comme dans ce vers :

ἡμετέ|ρῳ ἐνὶ | οἴκῳ ἐν | Ἄργεϊ τηλόθι πάτρης.

76. Cependant l'on voit dans Homère quelques voyelles longues rester longues à la thésis, quoique le mot suivant commence par une voyelle. Exemple :

χλαῖνάν τ' ἠδὲ χιτῶνα, τά τ' | αἰδῶ | ἀμφικαλύπτει [2].

---

1. Nous ne soutenons pas qu'il y ait dans les deux grands poèmes d'Homère aucun vers négligé : *Indignor quandoque bonus dormitat Homerus*, disait Horace. Mais l'on doit se rappeler que ces poèmes ont été d'abord confiés à la mémoire des Rhapsodes, qui a pu n'être pas toujours fidèle. Quant à l'*Énéide*, Virgile est mort avant d'y avoir mis la dernière main. Ces concessions faites, ne blâmons les vers de Virgile et d'Homère qu'avec beaucoup de circonspection. Presque tous ceux qui ont tenté de les censurer se sont trompés. Pour la texture et le plan même de l'*Énéide*, si Virgile eût vécu, plusieurs parties auraient été certainement corrigées.

2. *Lænamque et tunicam et quæ pudenda contegunt (exuam).*

Cela se remarque surtout avec ἤ. Exemple :

ἢ Αἴ|ας ἢ | Ἰδομενεὺς ἢ δῖος Ὀδυσσεύς [1].
ὅν κεν ἐγὼ δήσας ἀγά|γω, ἢ | ἄλλος Ἀχαιῶν [2].
ἢ χιόνι ψυ|χρῇ ἢ | ἐξ ὕδατος κρυστάλλῳ [3].

On n'est pas d'accord pour faire rentrer dans la règle ces licences et quelques autres semblables. Le plus simple est de dire que, dans Homère, la voyelle longue conserve quelquefois, à la thésis, sa quantité naturelle.

Virgile a une seule fois laissé longue à la thésis une voyelle longue suivie d'un mot commençant par une voyelle :

Glaucō | et Panopēæ et Inoo Melicertæ [4].

77. Une des licences les plus gracieuses est la synizèse.

La synizèse (συνίζησις ou συνεκφώνησις) consiste à couler rapidement une voyelle devant une autre voyelle, de manière que toutes deux ne comptent que pour une syllabe.

La synizèse avec l'ε est agréable à la seconde syllabe du dactyle, comme dans ce vers :

δενδρέῳ ἐφεζόμενοι ὄπα λειριόεσσαν ἱεῖσιν [5].

Dans δενδρέῳ, l'ε se glisse légèrement devant l'ῳ, qui lui-même devient bref, étant à la thésis : en sorte que ces quatre syllabes δενδρέῳ ἐφ ne forment qu'un dactyle.

Il en est de même dans χρυσέῳ ἀνὰ σκήπτρῳ (*Il.* I, 15); et dans χρύσεον σκῆπτρον ἔχων (*Od.* XI, 91). Le mot χρύσεον ne vaut que deux syllabes.

1. *Vel Ajax vel Idomenæus, vel divinus Ulysses.* (*Il.* I, 145.)
2. *Quem ego vinctum duxero, vel alius Achivorum.* (*Il.* II, 231.)
3. *Vel nivi frigidæ (similis), vel glaciei ex aqua concretæ.* (*Il.* XXII, 152.)
4. *Georg.* 1, 437. Ce vers est imité de Parthenius qui fut, dit-on, le maître de Virgile : Γλαύκῳ καὶ Νηρῆϊ καὶ Ἰνώῳ Μελικέρτῃ.
5. *Arbori insidentes vocem suavem emittunt (cicadæ).* (*Il.* III, 125.)

78. La synizèse apparaît souvent à l'arsis, comme au début de l'*Iliade :*

μῆνιν ἄειδε, θεὰ, Πηληϊά|δεω Ἀχι | λῆος,

où δεω Ἀχι se scande en un dactyle.

79. On voit la synizèse avec l'ι dans ἀστέρι ὀπωρινῷ ἐναλίγκιον, selon certaines éditions qui n'élident pas l'ι de ἀστέρι. (*Il.* V, 5.)

80. Enfin la synizèse est fréquente avec μὴ devant une voyelle longue ou une diphthongue, comme dans μὴ οὐ, μὴ εἰδέναι.

Ajoutons les exemples suivants :

Κύκλωψ, τῆ, πίε οἶνον, ἐπεὶ φάγες ἀνδρόμε|α κρεᾱ [1].
πάτρην | τε κλέᾱ | τε μεγάρων, αὐτούς τε τοχῆας νοσφισάμην [2].

L'α est long dans κρέα, et dans κλέα, parce qu'il est le résultat d'une contraction pour κρέαα, κλέεα. Virgile a dit de même :

Dependent lychni laquearibus aureis.
(*Æn.*, I, 726.)

81. Une voyelle brève à la fin d'un mot et suivie d'un mot commençant par λ, μ, ν, ρ, σ, peut devenir longue, parce que ces consonnes se doublent aisément dans la prononciation. Exemples :

ποσσὶ δ᾽ ὑ|πὸ λιπα | ροῖσιν ἐδήσατο καλὰ πέδιλα [3].
πολλὰ | λισσομένη χρυσάμπυκας ἤτεεν ἵππους [4].

1. *Cyclops, accipe, bibe vinum, postquam carnes humanas comedisti.* (*Od.* IX, 547.)
2. *Patriamque et domus gloriam ipsosque parentes reliqui.* (Apoll. Rh. IV, 361.)
3. *Pedibus autem sub nitidis pulchra ligavit calceamenta.* (*Il.* II, 44.)
4. *Illa autem multum supplicans aureis phaleris insignes petebat equos.* (*Il.* V, 358.)

Πηλείδη Ἀχιλῆῖ, ὁ | δὲ μελί|ην εὔχαλκον [1]
ἀσπίδος ἐξέρυσεν.
ἀλλ’ ὕδα|τι νί|ζοντες ἄπο βρότον αἱματόεντα [2].
.....ἀδελφεοὶ οὓς τέχετο Ῥέα [3].

On prononçait πολλὰλ λισσομένη, ὑπὸλ λιπαροῖσιν, δὲμ μελίην, ὕδατιν νίζοντες, τέχετορ Ῥέα, et τεμ μεγάρων (pour τε μεγάρων), dans le vers que nous venons de citer.

On explique de même l’allongement de βέλος dans le vers suivant :

αὐτὰρ ἔπειτ’ αὐτοῖσι βέ|λος ἐχε|πευχὲς ἐφιείς.

(Il. I, 51.)

On doublait le σ en prononçant βέλος σεχεπευχές. C’est ainsi que, chez nous, quelques-uns prononcent : « Jel l’ai vu », au lieu de : Je l’ai vu.

82. De même encore ἕως ὁ ταῦθ’ ὥρμαινε se prononce, en glissant sur l’ε dans ἕως et en doublant le τ, à peu près comme s’il y avait : ὣς ὅτ ταῦθ’ ὥρμαινε. (*Il.* I, 193.) Cette explication est donnée par Eustathe.

Il ne faut donc pas blâmer Virgile, qui marche sur les traces d’Homère, dans les vers suivants :

Luctus ubique, pa | vor, et | plurima mortis imago.
Seu mollis violæ, seu languen | tis hya | cinthi.

On doublait l’*r* de *pàvor* et l’*s* de *languentis*.

83. Quelquefois l’esprit rude semble produire l’effet d’une consonne sur la syllabe brève du mot précédent. Exemple :

αὐτάρ | οἱ Προῖτος κάκ’ ἐμήσατο θυμῷ [4].

1. *Pelidæ Achilli; ipse autem hastam ære solido præfixam clypeo extraxit.* (*Il.* XX, 322.)
2. *Sed abluentes aqua tabum sanguinolentum.* (*Il.* VII, 425.)
3. *Fratres quos Rhea peperit.* (*Il.* XV, 187.) Le ῥω, dit Eustathe, allonge ici la syllabe précédente, et Ῥέα ne forme qu’une syllabe longue par synizèse.
4. *Sed ei Prœtus mala molitus est animo.* (*Il.* VI, 157.)

Plusieurs prétendent que l'α bref de αὐτὰρ est allongé devant οἱ, comme si οἱ, qui porte l'esprit rude, commençait par une consonne. Cette explication est bonne ; mais l'on peut dire aussi que le ρ de αὐτὰρ se double dans la prononciation, comme s'il y avait αὐτὰρ ῥοι.

84. L'on croit aussi que la césure avait le pouvoir d'allonger une brève, et l'on cite comme exemple :

ἐκπέρσαι Πριάμοιο πόλιν, | εὖ δ᾽ οἴκαδ᾽ ἱκέσθαι[1].

Et encore :

τῇ δ᾽ ἔπι μὲν Γοργὼ βλοσύρωπις | ἐστεφάνωτο[2].

Mais le ν se double dans πόλιν, et le σ final aussi dans βλοσύρωπις.

85. Au reste, il est probable qu'un repos marqué, une césure profonde, pouvaient être considérés comme produisant le même effet que la fin même du vers; et peut-être est-ce parce qu'il y a une pause après *Glauco* et après αἰδῶ, que Virgile et Homère se sont permis de laisser longues ces deux finales dans les vers que nous avons cités plus haut. N'est-ce pas pour cette raison que Plaute omet l'élision de *poplo* devant *acerba*, dans ce tétramètre iambique, qui devient une espèce d'asynartète?

> Qui multa Thebano poplo | acerba objecit funera?
> (*Amphitr.*, I, 1, 35.)

86. La réduplication de la consonne explique et légitime un grand nombre d'irrégularités. Cependant elle ne les fait pas toutes disparaître. Car une voyelle brève finissant un mot et suivie d'un mot qui commence par une consonne simple et même par une voyelle, peut devenir longue à l'arsis. Il y en a beaucoup d'exemples dans Homère. En voici deux :

1. *Exscindere Priami urbem, felicilerque domum reverti.* (*Il.* I, 19.)
2. *Super umbone Gorgo trux oculis cælata erat.* (*Il.* XI, 36.)

ἀλλὰ τά γ’ ἄσπαρ|τα καὶ ἀν|ήροτα πάντα φύονται.
οἱ δὲ μέ|γα ἰά|χοντες ἐπέδραμον υἷες Ἀχαιῶν [1].

Il en est de même dans ce vers que nous avons cité plus haut (8) :

αἴσιμα παρειπὼν· ὁ δ’ ἀ|πὸ ἕθεν | ὤσατο χειρί [2].

On peut dire que, dans ce dernier vers, la brève πὸ est allongée tout à la fois par l'arsis et par l'esprit rude.

On raisonne de même sur ce vers :

αἰδοῖος δέ μοί ἐσσι, φίλε ἑκυρὲ, δεινός τε [3].

L'ε de φίλε est allongé par l'arsis et par l'aspiration suivante, et l'ε final de ἑκυρέ est aussi allongé par l'arsis et par la réduplication du δ.

87. Quand il y a plusieurs brèves de suite en un mot, les poètes épiques allongent la première pour faire entrer ce mot dans le vers héroïque. Exemple : ᾱθᾰνᾰτος, ᾱπονέεσθαι, ἐπίτονος [4].

88. On doit observer que la quantité de certaines syllabes a varié dans les différents âges, dans les différents dialectes, et dans les différents genres de poésie. Ainsi l'α de καλὸς, et l'ι de ἴσος, toujours longs dans Homère, sont toujours brefs dans les Tragiques.

---

1. *Sed hæc omnia sine semente, sine aratione proveniunt.* (*Od.* IX, 109.) — *Cum magno clamore accurrebant filii Achivorum.* (*Il.* XIV, 421.) On remarque sur le premier vers, qu'il est coupé après ἄσπαρτα, et que dans le second l'ι de ἰάχοντες se double facilement et qu'on prononce οἱ δὲ μέγα ἰ-ιάχοντες. Il résulte que, dans ces exemples, l'allongement de la brève n'est pas uniquement dû à l'arsis. L'arsis favorisait l'allongement; mais d'ordinaire le poète exigeait une autre raison.

2. *Decentia admonens. Ille vero a se depulit manu.* (*Il.* IV, 62.)

3. *Reverendus mihi es dilecte socer, timendusque.* (*Il.* III, 172.)

4. On a dit que l'influence du vers héroïque s'est fait sentir dans la formation de la langue grecque. Les règles de la flexion et de la quantité semblent en effet avoir quelquefois pour but de faire entrer un mot dans le rhythme dactylique.

89. Lorsqu'à une époque, une syllabe était regardée comme douteuse, les poètes de cette époque ne faisaient pas difficulté de lui donner la double quantité dans le même vers. Exemples :

Ἄρες, Ἄρες βροτόλοιγε. (*Il.* V, 31.)
πολλάκις, ὦ Πολύφαμε, τὰ μὴ χᾰλὰ χᾱλὰ πέφανται.

(Théocr. VI, 19.)

——

Nous venons de faire connaître les principaux rhythmes de la versification grecque, et les règles auxquelles ils sont soumis. Il y a sans doute encore, dans les odes de Pindare et dans la poésie chorique, des formes de vers sur lesquelles disputent les savants. Mais au fond, tout peut se ramener aux principes que nous avons exposés[1].

Ces notions bien comprises mettront la jeunesse des écoles en état de mieux goûter non seulement Homère, Sophocle et Euripide, mais encore Virgile et Horace. Car les latins ont façonné leur métrique sur celle des grecs ; et leurs poésies les plus achevées, les plus polies, offrent des irrégularités apparentes que justifient les grands modèles de la Grèce, dont ils adoptaient les règles.

---

1. Ceux qui désireraient connaître à fond tout le système de la versification grecque, peuvent étudier l'ouvrage de God. Hermann, qui a pour titre : *Elementa doctrinæ metricæ*, 1 vol. in-8° de 800 pag. Leipsig.

TABLE DE LA MÉTRIQUE

(Le chiffre indique le numéro de la Métrique.)

N. B. On nous fait remarquer que nous n'avons pas mentionné le vers Galliambique. Ce vers, ainsi nommé parce qu'il était usité dans les chants des Galles ou prêtres de Cybèle, est le même que le tétramètre ionique mineur catalectique (n° 54). En voici un qui commence par un molosse :

Γαλλαὶ, μη|τρὸς ὀρείης|φιλόθυρσοι|δρομάδες.

Gallae,. Matris monticolae thyrsorum amantes, cursu veloces. (Apud Hephæst.)

6727-82. — Corbeil. Typ. et stér. Crété.

9 782019 294618